Un Conseil par Jour

ZEN

Hugo Image

Ouvrage dirigé par Luce Valli
Textes de Audrey Messiaen

34-36, rue La Pérouse
75116 Paris
www.hugopublishing.fr

ISBN : 9782755699210
Dépôt légal : octobre 2022
Imprimé en Chine

Vous pensez avoir tout essayé, mais votre quotidien vous fatigue, avec son stress et ses tensions... et vous courez toujours après le temps... Vous donneriez tout pour une véritable pause détente chez vous ou ailleurs ? Cette éphéméride est faite pour vous !

Voici 365 conseils positifs pour une vie zen : astuces, principes, techniques, exercices... pour améliorer votre forme, votre beauté, votre cadre de vie grâce à la relaxation, aux massages, au Feng Shui, à la méditation, aux recettes zen, aux soins faits maison et aux vertus des médecines douces et naturelles.

À consommer sans modération, dans la zen attitude !

« Laisser la paix
nous pénétrer
est la plus grande
preuve que nous
sommes vivants. »

NADIA IVANOVA

OSEZ DEMANDER UN SERVICE, DE L'AIDE

Ce n'est pas un aveu de faiblesse, au contraire c'est une force de connaître ses limites et de se tourner vers les autres. Et n'ayez pas peur d'être rejeté, la plupart des humains aiment rendre service et sont plutôt contents d'être sollicités.

1er
JANVIER

8h44 17h04

Jour de l'an

« Ne visez pas le succès. Plus vous en ferez un but, moins vous l'atteindrez. Car on ne peut pas poursuivre le succès, pas plus qu'on ne peut poursuivre le bonheur. Ils ne sont que des effets secondaires du dévouement que l'on manifeste pour une cause plus grande que soi-même ou de l'abandon que l'on peut éprouver envers une autre personne. Le bonheur, comme le succès, arrive quand on ne s'y attend pas. »

VIKTOR FRANKL

AIGUISEZ VOTRE CONCENTRATION

Après avoir fait quelques respirations profondes et abdominales, montez sur la pointe des pieds et tendez les bras devant vous, paumes de mains collées. Ne lâchez pas de vue le bout de cette flèche que sont vos doigts et gardez la position quelques secondes.

2
JANVIER

8h44 17h35

St Basile

« Ce qui est juste
est souvent oublié au profit
de ce qui est commode. »

Bodie Thoene

MÉDITATION LIBRE

Pas besoin de cours ou d'appli pour méditer. Des chercheurs norvégiens ont montré que le seul fait de laisser vagabonder ses idées amplifiait notre bien-être. Cette méditation non directive est donc accessible à tous.

3

JANVIER

8h44 17h06

Ste Geneviève

« Celui qui ne sait pas et ne sait pas
qu'il ne sait pas, il est stupide.
Il faut l'éviter. Celui qui ne sait pas et sait
qu'il ne sait pas, c'est un enfant.
Il faut lui apprendre. Celui qui sait
et ne sait pas qu'il sait, il est endormi.
Il faut le réveiller. Celui qui sait et sait
qu'il sait, c'est un sage. Il faut le suivre.
Mais il est si difficile d'être certain
que celui qui sait et sait qu'il sait,
sait vraiment. »

Sagesse populaire

AU TRAVAIL, PRENEZ LITTÉRALEMENT DE LA HAUTEUR !

Être assis sur une chaise basse pendant de longues heures fatigue les articulations des hanches qui sont sous pression. Essayez de travailler sur une table plus haute et de vous poser sur une chaise haute. Avec les pieds en appui sur le sol. Vous verrez que votre poids se répartira mieux et que vous vous sentirez moins engoncé.

4

JANVIER

8h44 17h07

St Odilon

« Il n'y a qu'une façon
d'atteindre le bonheur :
il faut cesser de se tourmenter
au sujet des choses
sur lesquelles notre volonté
n'a aucune influence. »

Épictète

LA PROCRASTINATION N'EST PAS DE LA FAINÉANTISE

Les procrastinateurs (ceux qui remettent toujours tout à plus tard) passent pour des fainéants, alors que bien souvent, il s'agit d'un manque de confiance en soi. Si c'est votre cas, tout d'abord, ne vous culpabilisez pas, cela accentuerait ce manque de confiance. Au contraire, soyez indulgent avec vous-même.

5

JANVIER

☀ 8h44 ☀ 17h09

St Édouard

*« La réponse est
que vous n'aurez rien
d'elle car l'illumination est
la réalisation qu'il n'y a pas
de vous qui peut être
illuminé ; que votre sens
de séparation
et d'individualité est
une illusion. »*

LEO HARTONG

LE SOURIRE DU CŒUR

Il n'y a pas que votre bouche qui peut offrir un sourire radieux. Selon l'idéologie Tao, le sourire intérieur est un puissant moteur de sérénité. Imaginez vos lèvres sourire puis descendez dans votre gorge, votre cœur, votre ventre... ce sourire va s'agrandir et irradier tout votre corps. Laissez s'étendre ce bien-être intérieur et vous serez paisible et beau à l'extérieur.

6
JANVIER
8h44 17h10
Ste Mélaine • Épiphanie

« Lorsqu'on a perdu toutes ses illusions, il reste encore à perdre l'illusion suprême qui est de se croire sans illusions. »

Claude Roy

NE SOYEZ PAS ENVIEUX

Votre collègue a obtenu une promotion, votre voisin fait bâtir une plus grande maison que la vôtre… Et alors ! Cela vous retire-t-il quelque chose, à vous ? Non ! Alors réjouissez-vous pour eux. Vous avez certainement des choses qu'eux n'ont pas, et pas nécessairement des choses matérielles, d'ailleurs.

7
JANVIER
8h43 17h11
St Raymond

« Ce n'est pas le manque d'amour dont nous avons souffert dans le passé qui nous empêche d'être heureux mais notre incapacité à manifester notre affection. »

Marianne Williamson

MA PETITE BOÎTE « ESTIME DE MOI »

Fabriquez-vous à partir d'une boîte à chaussures une « boîte aux lettres » à votre attention dans laquelle vous glisserez une ou deux fois par semaine ou tous les jours, une action dont vous êtes fier et qui s'est passée dans la journée. En fin d'année, redécouvrez tous les billets… cela vous donnera des ailes !

« Le bonheur n'est pas
le fruit de la paix ;
le bonheur, c'est la paix
même. »

ALAIN

SOULAGEZ VOS TENSIONS MUSCULAIRES !

Couchez-vous sur votre lit et ressentez la tonicité de votre corps : la nuque, le dos, les bras, les jambes contractées… Ensuite, contractez au maximum vos jambes pendant 8 secondes, puis relâchez-les à 100 % et faites le même exercice pour toutes les parties de votre corps, visage compris. Finissez en vous relâchant complètement sur votre lit et en abandonnant le poids du corps sur le matelas. Fermez les yeux en ressentant la légèreté de votre corps et sa décontraction.

9

JANVIER

8h43 17h13

Ste Alix

« Quelle réussite !
Si avant la fin de sa vie
on ressemble, même de loin,
à ce que l'on a toujours
voulu être. »

MARCEL JOUHANDEAU

STOP AU BINGE-WATCHING

Cette tendance à enchaîner les épisodes de la nouvelle série du moment, en se privant d'heures de sommeil, est très dévastatrice pour le corps et l'esprit. Non seulement il y a à terme un phénomène d'addiction, mais aussi des troubles de la mémoire, un manque de sommeil chronique, des grignotages ou encore un isolement social. Alors on coupe après deux épisodes et on garde la suite pour plus tard !

10

JANVIER

8h42 17h15

St Guillaume

« La lune est le rêve du soleil. »

Paul Klee

ARRÊTEZ D'ÊTRE LE GENTIL ORGANISATEUR

À chaque départ en week-end ou en vacances, c'est la même chose : c'est vous qui décidez du lieu, organisez le voyage et faites les bagages. Et une fois sur place, vous n'avez pas une seconde à vous ! Alors répartissez les tâches de manière équitable, deux mois avant de partir. Et n'en faites jamais plus que prévu ! Pour vous aider, répétez-vous « je suis en vacances » toute la journée.

11

JANVIER

8h42 17h16

St Paulin

« Les idées,
c'est comme les gosses.
Il ne suffit pas de les avoir,
il faut les élever. »

DANIEL PICOULY

NE VOUS ÉNERVEZ PAS SUR LA TECHNOLOGIE !

Hurler ne fera pas redémarrer votre ordinateur. Les plantages sont inévitables, ces petits bijoux de technologie sont si complexes qu'ils s'emmêlent forcément les pinceaux. Lorsque vous travaillez, enregistrez toutes les 5 minutes votre travail. Et n'oubliez pas de faire des sauvegardes régulièrement. Cela devrait vous rasséréner quelque peu !

12

JANVIER

8h41 17h17

Ste Tatiana

« Rêve ta vie en couleurs,
c’est le secret du bonheur. »

Walt Disney

CUISINEZ À L'AVANCE

Rien de plus stressant et d'énervant que de rentrer tard chez soi, après une longue journée de travail, des transports en commun bondés et des courses en vitesse pour le dîner. Alors, profitez du week-end pour préparer un plat à l'avance : un hachis parmentier, des lasagnes, une blanquette de veau… En plus c'est meilleur réchauffé !

13

JANVIER

8h41 17h19

Ste Yvette

*« L'émotion est ce moment
où l'acier rencontre une pierre
et en fait jaillir une étincelle car
l'émotion est la source principale
de toute prise de conscience.
Point de passage de l'obscurité
à la lumière, ni de l'inertie au
mouvement, sans émotion. »*

CARL GUSTAV JUNG

UN OREILLER TOUT FRAIS

Quel plaisir de se glisser dans son lit avec des draps tout propres, bien repassés, qui sentent bon le frais. Une astuce, placez votre oreiller dans un sac plastique au réfrigérateur quelques minutes. En effet, pour bien s'endormir, la température du corps doit s'abaisser un peu. En posant votre tête sur l'oreiller frais, vous refroidissez votre corps et sombrez plus facilement dans les bras de Morphée.

14

JANVIER

☀ 8 h 40 ☀ 17 h 20

Ste Nina

« C'est une grande force que d'attendre sans impatience que tout mûrisse. »

Heinrich Pestalozzi

LIMITEZ LES RÉSEAUX SOCIAUX

Rester informé et lire l'actualité sont des choses importantes, mais tentez de ne pas passer trop de temps sur les réseaux sociaux. Histoire de garder votre niveau de stress à la baisse, utilisez plutôt les médias sociaux afin de connecter avec vos proches. Voir le visage de vos proches agira comme un baume sur votre cœur et vous vous sentirez beaucoup moins seul.

15
JANVIER
8h39 17h21
St Rémi

« Ceux qui pensent affirmer leur supériorité en méprisant les autres se trompent. Mépriser, c'est se mettre en situation de ne pas pouvoir comprendre, ou pire, c'est ne pas vouloir comprendre. C'est donc renoncer par avance à l'attribut principal de l'homme : l'intelligence. »

ALAIN GUILLO

EN MARCHE VERS LA JOIE

Pour se maintenir en forme, il faudrait au minimum marcher 30 minutes par jour. Mais saviez-vous que marcher aide aussi à se sentir gai ? En effet, la marche est une pratique apaisante qui contribue à la sécrétion d'hormones à l'origine du bien-être et de la bonne humeur ! Privilégiez alors une marche à l'air libre plutôt qu'une virée en bus, chaque fois que vous le pouvez.

16
JANVIER

8h39 17h23

St Marcel

*« Qu'est-ce que la tolérance ?
C'est l'apanage
de l'humanité. Nous sommes
tous pétris de faiblesses et
d'erreurs ; pardonnons-nous
réciproquement nos sottises,
c'est la première loi
de la nature. »*

VOLTAIRE

CHANGEZ DE COULEURS

Une idée à peu de frais qui fait un bien fou au moral. Changez les couleurs de votre chambre, du couloir ou encore des toilettes. Quelques pots de peinture, du tissu acheté au marché : un bon coup de blanc au lieu de ce taupe terne, un tapis vieux rose pour illuminer votre salon. Et pourquoi pas un mur rouge dans la cuisine ! Bonne humeur garantie.

17

JANVIER

8 h 38 17 h 24

Ste Roseline

« Si nous nous tenions
sur un sommet et observions
le paysage en comprenant que
les autres, qui se tiennent sur des
éminences différentes, voient un
paysage différent, nous constaterions
que la richesse de la vie n'est accessible
que s'il y a partage des réalités
diverses et reconnaissance de la valeur
des critères d'autrui. »

Liz Greene

APPRÉCIEZ LE SILENCE

Voici quelques astuces pour y parvenir : en voiture, coupez la radio ; au travail, fermez la porte de votre bureau. En rentrant chez vous, arrêtez-vous 10 minutes dans un parc. Le samedi, faites votre jogging tôt le matin, dans un endroit calme. Et sans musique !

18
JANVIER
8h37 17h25
Ste Prisca

« L'Homme a cru
qu'il importait d'avoir,
ignorant qu'il importe
d'être. »

Oscar Wilde

DES MOTS TOUT DOUX

Rien de tel que l'amour pour attaquer la journée du bon pied. Afin de rendre vos matins toujours plus romantiques, n'hésitez pas à glisser à l'oreille de votre bien-aimé ou à noter sur un Post-it des petits mots doux.

19

JANVIER

8h36 17h27

St Marius

« On se demande parfois
si la vie a un sens…
et puis l'on rencontre
des êtres qui donnent
un sens à la vie. »

Brassaï

OIGNONS FARCIS

L'oignon, excellent contre l'hypertension, est aussi très efficace contre le stress. L'œuf, quant à lui, est une véritable source de vitamines et minéraux ! Prenez quatre gros oignons, coupez les chapeaux et évidez-les. Coupez finement la pulpe et faites-la revenir dans 15 g de beurre. Dans un saladier, ajoutez-y 100 g de pain de mie que vous aurez trempé dans du lait, 100 g de jambon haché finement, 1 œuf et 1 pincée de noix de muscade. Salez, poivrez et mettez de la farce dans les oignons. Faites-les cuire 45 minutes au four.

20

JANVIER

8h35 17h29

St Sébastien

« Ne perds pas ton temps
à répéter que le monde
te doit quelque chose.
Le monde ne te doit rien.
Il était là avant toi. »

Mark Twain

LA VIE EN VERT

Le vert est une couleur qui symbolise l'éveil de la nature, sa renaissance après de longs mois d'hiver. C'est le moment d'ajouter une touche verte à votre logement : plante, vaisselle aux couleurs vertes… Ce sera votre façon de vous accorder à la nature.

21
JANVIER
8h34 17h30
Ste Agnès

*« Vouloir écarter
de sa route toute souffrance
signifie se soustraire
à une part essentielle
de la vie humaine. »*

Konrad Lorenz

LES FLEURS FENG SHUI

Le lotus, symbole de la pureté, est la fleur sacrée dans le bouddhisme et l'hindouisme. Dans votre maison, le lotus améliorera la créativité et installera la paix, la sérénité et l'évolution spirituelle. Le chrysanthème, originaire de Chine, apporte confort, relaxation et détente. C'est la fleur du bonheur et du rire. Le magnolia blanc et l'orchidée sont symboles de bon goût, de pureté et de féminité. Si vous cherchez la sérénité, entourez-vous de ces fleurs magnifiques… et magiques !

22

JANVIER

8h33 17h32

St Vincent

« Ne vivez pour l'instant
que vos questions.
Peut-être, simplement
en les vivant, finirez-vous
par entrer insensiblement,
un jour, dans les réponses. »

RAINER MARIA RILKE

MAÎTRISEZ LA SIESTE FLASH

On ferme les yeux, confortablement assis, et on se laisse dériver quelques minutes. Gardez un trousseau de clés dans la main. Quand les muscles se relâchent totalement et que le trousseau tombe, il est temps de vous réveiller.

23
JANVIER

8h32 17h33

St Barnard

« Zhuangzi rêve
qu'il est un papillon.
Mais n'est-ce point
le papillon qui rêve
qu'il est Zhuangzi ? »

Zhuangzi

L'IMPRÉVU EST UNE OPPORTUNITÉ

Changer d'itinéraire pour découvrir une boutique sympa, accepter une invitation à l'opéra même si vous ne connaissez rien à la musique classique, ou tout simplement suivre votre instinct, vous laisser tenter. Pour innover, faire des rencontres, ressentir de nouvelles émotions, laissez-vous toujours la possibilité d'être surpris.

24

JANVIER

8h31 17h35

St François de Sales

« J'ai fait cela,
dit ma mémoire.
– Impossible, dit mon
orgueil, et il s'obstine.
En fin de compte,
c'est la mémoire
qui cède. »

FRIEDRICH NIETZSCHE

FAIRE UN ANCRAGE

Si vous avez le moral à zéro, asseyez-vous sur une chaise, le dos en appui, pieds joints et ancrés sur le sol. Faites 4 à 5 respirations en inspirant profondément par le nez, en gonflant le ventre et en expirant au même rythme par la bouche. Fermez les yeux et revoyez, ressentez, reniflez un moment de votre vie particulièrement agréable en recherchant les détails (pendant quelques minutes). Cet ancrage vous redonnera du plaisir et de l'énergie.

25
JANVIER

8h30 17h30

Conversion de St Paul

« La raison,
c'est l'intelligence
en exercice ;
l'imagination,
c'est l'intelligence
en érection. »

VICTOR HUGO

FUYEZ LES VAMPIRES !

Certaines personnes ont tendance à pomper tout votre temps et votre énergie. Elles vous demandent des conseils qu'elles ne suivent pas et vous sollicitent à toute heure de la nuit. Le tout sans se montrer disponible pour vous en retour. Votre temps est précieux, choisissez bien à qui vous souhaitez le consacrer.

26
JANVIER

8h29 17h38

Ste Paule, Ste Pauline

« De petites impatiences
peuvent conduire
à une grande
imprudence. »

Confucius

ÉVEILLEZ-VOUS À LA NATURE

Faites une promenade pour profiter pleinement de vos sens : l'odeur de l'herbe fraîchement coupée, le chant des oiseaux, la chaleur du soleil sur votre peau… Prenez le temps de vous rassasier de la plénitude de la nature.

27
JANVIER
8h28 17h40
Ste Angèle

« Pour devenir libres,
que voulez-vous
écarter d'autre que
des fragments
de vous-mêmes ? »

Khalil Gibran

RESPIRATION PRANAYAMA

Quelques minutes de cet exercice et vous vous sentirez plus léger, maître de vos décisions : rapprochez votre coude droit près des côtes, bouchez doucement la narine droite avec le pouce et expirez lentement par la gauche. Inspirez sans forcer par la narine gauche, puis fermez la narine gauche avec le majeur et l'annulaire, et expirez par la narine droite. Continuez pendant 5 minutes sans forcer et à la fin de l'exercice, restez les yeux fermés durant quelques minutes.

28

JANVIER

8h27 17h4

St Thomas d'Aquin

« Être vulnérable
ne veut pas dire n'être jamais
attaqué. Cela veut dire
ne pas pouvoir être blessé.
C'est ce qui caractérise
le sage tel que j'entends
le définir. »

SÉNÈQUE

ON NE PEUT PAS PLAIRE À TOUT LE MONDE

Il n'existe pas. Personne ne peut être aimé de tous. C'est ainsi, et quoi que vous fassiez, vous vous fatiguez pour rien et surtout, vous vous égarez. L'important est d'abord que vous vous aimiez et que vous soyez fier de vous, quoi qu'en pensent les autres.

29
JANVIER
8h25 17h43
St Gildas

« Il faut que la volonté imagine trop pour réaliser assez. »

GASTON BACHELARD

HUILE ESSENTIELLE ANTISTRESS

Vous passez votre permis de conduire, vous êtes convoqué à un entretien d'embauche… les obstacles paraissent parfois insurmontables quand vous êtes envahi par le stress. Voici un petit conseil tout simple : versez 2 gouttes d'huile essentielle de laurier noble sur votre mouchoir quelques minutes avant le moment de stress, vous serez plus zen.

30
JANVIER
8h24 17h44
Ste Martine

« Sapere aude !

(Ose savoir !)

Aie le courage de te servir

de ton propre

entendement ! »

Emmanuel Kant

LA TORTUE PROTECTRICE

En Feng Shui, cet animal a une place particulière. Placer une tortue dans votre maison apportera une protection face aux énergies négatives, l'animal fonctionnant en quelque sorte comme un gardien, comme un protecteur. Connue pour sa longévité, elle éloignerait les maux et renforcerait notre corps. Avoir une statuette de tortue dans votre maison ne pourra que vous faire du bien !

31

JANVIER

8h23 17h46

Ste Marcelle

« Que cette année
vous soit heureuse ;
que la paix, le repos
et la santé vous tiennent
lieu de fortune. »

MADAME DE SÉVIGNÉ

PRENEZ LE TEMPS D'ÉCHANGER QUELQUES MOTS

Avec la gardienne de votre immeuble, le garçon de café ou le contrôleur du train. La baisse du lien social est le mal des grandes villes et vous n'êtes pas seul à vous sentir seul parfois. Dites-vous que ces quelques banalités égayeront sans doute leur journée, tout comme la vôtre.

« Ce n'est pas
le but qui compte,
c'est le chemin. »

Valérie Guignabodet

LES AMIS, ÇA COMPTE !

Dans les moments de doute
ou de baisse de forme, il est important
de chercher du soutien auprès des personnes
qu'on aime. Alors, n'hésitez pas,
décrochez votre téléphone…

2
FÉVRIER

8 h 20 17 h 49

Présentation du Seigneur

« Si vous ne croyez pas
à la magie de la vie,
vous ne la trouverez
jamais ! »

Roald Dahl

INSPIREZ-VOUS !

Il est important de connaître des personnes qui nous inspirent, d'avoir des modèles auxquels penser quand on doute et que l'on se sent seul. Et si vous n'avez personne dans votre entourage direct, peu importe. Lisez la biographie de tel artiste célèbre qui a accompli son rêve ou écoutez la conférence de tel scientifique. Soyez à l'écoute.

« Les dix mille
êtres sont présents
dans leur totalité
en moi. »

MENCIUS

ARRÊTEZ DE VOULOIR PENSER À TOUT

Il faut alléger la fameuse charge mentale et accepter qu'on ne peut pas tout faire. Abaisser son seuil d'exigence est le meilleur moyen de ne pas faire de burn out.

4

FÉVRIER

8h17 17h53

Ste Véronique

*« Le bonheur
et le malheur ne viennent
que de nous-même. »*

Meng Tzu

VISUALISEZ VOTRE JOURNÉE PARFAITE

Même si cette « journée parfaite » ne se réalisera pas, cela permet de comprendre ce qu'une journée simple signifie pour vous. C'est différent pour chaque personne. Prenez une minute pour la visualiser.

« Un petit sac ne peut contenir un grand chapeau de pluie. Une corde trop courte n'atteint pas le fond du puits. Chaque chose se limite à sa propre valeur. »

TCHOUANG-TSEU

LA PNL OUTIL CONTRE LE STRESS

La programmation neuro-linguistique est connue comme étant un outil très puissant pour nous aider dans la lutte contre le stress de tous les jours. La technique principale utilisée en PNL est la visualisation. Ainsi on essaie de prendre du recul sur une situation difficile en la voyant de l'extérieur. Par exemple si vous êtes stressé à cause d'un entretien d'embauche, vous pouvez faire une visualisation préalable dans laquelle vous vous voyez en train de réussir tranquillement l'entretien.

6

FÉVRIER

8h14 17h56

St Gaston

« L'amitié se nourrit de communication. »

Montaigne

UNE LITERIE FENG SHUI

La zen attitude passe par un bon sommeil. L'idéal est un lit en bois avec un sommier en bon état et en fibres naturelles. Si ce n'est pas le cas, couvrez-le de draps en coton ou en lin de couleur douce. Le mieux est de ne rien mettre sous votre lit, pour laisser circuler le Qi. Mais si vous utilisez cet espace comme rangement, faites en sorte que ce soit en ordre et dépoussiérez-le régulièrement.

7
FÉVRIER
8h13 17h58
Ste Eugénie

*« Le vrai matérialiste,
plus il descend dans
la matière, plus il exalte
la spiritualité. »*

Georges Braque

LES DOCUMENTAIRES ANIMALIERS BONS POUR LE MORAL

Vous vous sentez tendu aujourd'hui ? Mettez-vous quelques minutes devant un reportage télé sur la vie des paresseux et autres animaux sauvages. Une étude de l'université de Berkeley a montré que les spectateurs de documentaires animaliers ont une importante baisse du niveau de stress ainsi qu'une hausse d'émotions positives comme la joie, l'amusement ou la curiosité.

« La mesure
de l'amour, c'est d'aimer
sans mesure. »

Saint Augustin

SENTIR L'ODEUR DE SON PARTENAIRE DIMINUE LE STRESS

Encore une autre bonne raison de faire des câlins à son amoureux(se). Une étude canadienne montre que les femmes qui ont senti l'odeur de leur partenaire avant une épreuve stressante ont un niveau inférieur de cortisol dans le sang, l'hormone du stress.

9
FÉVRIER
8h10 18h01
Ste Apolline

« Les hommes déprécient ce qu'ils ne peuvent comprendre. »

Johann Wolfgang von Goethe

EXERCICE DE VISUALISATION : LA PLANCHE

Imaginez-vous en train faire la planche dans une piscine, à l'air libre, ou bien sur une mer calme. Il fait beau, vous flottez doucement dans une eau à la température idéale.

Vous vous laissez bercer par les vaguelettes, votre corps est fluide, léger, comme en apesanteur. Sentez vos tensions musculaires s'estomper les unes après les autres. Vous éprouvez une sensation de bien-être et d'harmonie.

10

FÉVRIER

8h08 18h03

St Arnaud

« Le monde de la réalité
a ses limites ;
le monde de l'imagination
est sans frontières. »

JEAN-JACQUES ROUSSEAU

COMPTEZ JUSQU'À 10

Quand vous avez à faire face à un moment stressant, arrêtez-vous et comptez jusqu'à 10. Cela vous oblige à ralentir et vous déconnecter avec ce qui pouvait vous stresser. C'est excellent pour prendre un peu de recul et voir les choses avec un peu de distance.

11
FÉVRIER

8h06 18h04

Notre-Dame de Lourdes

« Le vrai chercheur,
celui qui a vraiment
le désir de trouver,
ne doit embrasser
aucune doctrine. »

Hermann Hesse

ZEN DANS LES TRANSPORTS

Un remède efficace pour contrer une montée de stress type cohue dans le métro ou le bus : l'élixir Rescue composé de Fleurs de Bach aux vertus apaisantes. Il est disponible en spray, pastilles et même chewing-gum.

12
FÉVRIER
8h05 18h06
St Félix

« Le meilleur en la vie est gratuit. »

ALBERT SCHWEITZER

RÉAPPRENDRE À MARCHER PIEDS NUS

Cette pratique, appelée *earthing*, permettrait de reconnecter le corps aux énergies de la Terre. Ancré dans le sol, le pied devient une « porte énergétique de la Terre », récepteur et distributeur d'électrons, une source d'énergie terrestre qui favoriserait l'équilibre du système nerveux sympathique et parasympathique, qui régulent notre vitalité et notre sommeil. À plus ou moins long terme, marcher pieds nus nous permettrait donc de réduire le stress, diminuer les douleurs chroniques, ou encore de booster la circulation sanguine et lymphatique.

« Étant donné que nous sommes ici, étant donné qu'il y a cette vie et qu'elle est ce qu'elle est, comment pouvons-nous la vivre ? Comment puis-je la vivre d'une façon qui maximise et qui satisfasse ma capacité d'éveil, d'amour, de liberté et de libération de mon cœur humain ? »

JACK KORNFIELD

NE SUPPOSEZ PAS, DEMANDEZ !

Vous ne pouvez pas lire dans l'esprit de vos interlocuteurs. Dans nos interactions sociales, le stress naît bien souvent du fait qu'on ignore ce que l'on attend réellement de nous. Mieux vaut poser des questions et clairement prendre le parti de la communication directe. Cela ne remet pas votre capacité de compréhension ou votre intelligence en question, bien au contraire.

14
FÉVRIER
8h01 18h09
St Valentin

« Ils ont échoué
parce qu'ils n'avaient pas
commencé par le rêve. »

William Shakespeare

MOINS DE SELFIES

Si, autrefois, on affirmait « Pour vivre heureux, vivons cachés », il semblerait qu'aujourd'hui, à l'inverse, le bonheur ne vaille que s'il est affiché ! Mises en scène, exhibition permanente, course aux likes et followers… Cette peur de l'insignifiance est anxiogène, chronophage, et nous coupe parfois de l'instant présent, qu'on ne vit plus vraiment. La meilleure idée pour vivre à fond cet instant présent ? Laisser le téléphone dans votre sac !

15

FÉVRIER

8h00 18h1

St Claude

« L'optimisme
est la foi
des révolutions. »

Jacques Bainville

RIEN N'EST PERMANENT

Lorsque ça ne va pas, pensez à l'impermanence. Au fait que tout est changement. Vous n'avez pas assez dormi et vous vous sentez fatigué dès le réveil, gardez en tête que cette situation est passagère. Cela permet de ne pas tomber dans une spirale de pensées et émotions négatives. Et donc à être plus zen.

16
FÉVRIER
7h58 18h12
Ste Lucile

« En réalité,
il n'y a que l'Ultime.
Le reste n'est qu'une question
de nom et de forme. »

NISARGADATTA MAHARAJ

UN SALON ZEN

Le zen aime l'épure, la simplicité et les meubles bas, aux lignes simples. Si vous voulez vraiment créer ce type d'ambiance, essayez de ne pas avoir de meuble qui dépasse la hauteur de vos yeux.

En Asie, on vit beaucoup au ras du sol et on mange assis par terre, sur des coussins, autour d'une table basse. Si vous changez de divan, optez peut-être pour un canapé bas ? Et en attendant, des coussins posés à même le sol sont déjà parfaits pour évoquer le zen dans votre salon.

17

FÉVRIER

☀ 7h56 ☀ 18h14

St Alexis

*« Il faut vivre comme
on pense, sinon tôt ou tard
on finit par penser comme
on a vécu. »*

Paul Bourget

QU'EST-CE QUE JE RISQUE ?

En vue d'une situation stressante, demandez-vous toujours ce que vous risquez, au pire comme au mieux. Dans la plupart des cas, vous réaliserez qu'au pire, la situation sera désagréable et pas très drôle à vivre, mais que vous vous en remettrez. Alors qu'au mieux, elle vous apportera satisfaction et bonheur.

18

FÉVRIER

7h54 18h13

Ste Bernadette

*« La beauté se révèle partout.
Elle est toujours présente,
mais les regards ne sont pas
assez subtils pour la remarquer.
L'affinement des yeux intérieurs
est aiguisé par le vide, et l'œil
extérieur y trouve aussi
son compte. »*

MARIE-MADELEINE DAVY

MARCHER POUR SE VIDER LA TÊTE

Dix minutes suffisent ! N'importe quelle promenade vous aidera à booster vos endorphines et donc réduire les hormones de stress. Mais un jardin ou un autre espace vert placeront votre corps en état de méditation, grâce à un phénomène dit « d'attention involontaire » durant lequel quelque chose retient votre attention, mais vous permet de réfléchir en même temps.

*« Au fond,
il suffit d'oser. »*

Philippe Sollers

UN EN-CAS ANTISTRESS

Manger (modérément) parce que vous êtes stressé n'est pas forcément négatif car les intestins constituent un médiateur fondamental de la réaction de stress. Choisissez un en-cas qui vous cale bien – la moitié d'un avocat, une poignée de noix, un œuf dur – parce que rien n'est plus stressant pour le cerveau qu'avoir l'impression qu'il manque de nourriture. Asseyez-vous dans un endroit paisible et concentrez-vous sur la nourriture : sa texture, son goût, la sensation qu'elle vous procure. Votre en-cas est devenu un moment de méditation.

20
FÉVRIER

☀ 7h51 ☀ 18h19

Ste Aimée

« L'œil voit les choses de façon plus certaine dans les rêves qu'il ne les voit par l'imagination durant la veille. »

Léonard de Vinci

EMBRASSONS-NOUS !

Embrasser soulage le stress en aidant votre cerveau à produire des endorphines. Et cela peut avoir un effet sur votre quotidien : une étude portant sur 2 000 couples a ainsi établi que ceux qui ne s'embrassaient que lorsqu'ils faisaient l'amour avaient huit fois plus de chances de faire état d'un stress ou d'une déprime chronique.

21
FÉVRIER
☀ 7h49 ☀ 18h21
St Pierre-Damien

« C'est quand
on n'a plus d'espoir
qu'il ne faut désespérer
de rien. »

Sénèque

LE YOGA DES DOIGTS

Voici une façon de se détendre partout et même au bureau. Vous pouvez par exemple tester ce point connu dans le Yoga Naam qui consiste à appuyer sur votre main, entre l'index et le majeur. Cette technique permet d'agir sur un nerf spécifique capable de vous détendre. Vous pouvez aussi tout simplement masser vos mains et vos doigts l'un après l'autre. Cela procure beaucoup de détente.

22

FÉVRIER

7h47 18h22

Ste Isabelle

« La spiritualité,
c'est ce qui transcende
les oppositions
et les conflits. »

Arnaud Desjardins

ESSAYEZ LA POSITION DE L'AIGLE

Bien des positions de yoga sont connues pour soulager le stress, puisqu'elles ouvrent les épaules, soulagent la tension du cou et éliminent bien des symptômes physiques de stress. La position de l'aigle, posture harmonieuse, relativement facile bien que peu pratiquée, cible la tension du dos et du cou.

23
FÉVRIER
7h45 18h24
St Lazare

« L’âme est vieille
à la naissance mais rajeunit.
C’est la comédie de la vie.
Le corps est jeune
à la naissance et vieillit.
C’est la tragédie de la vie. »

Oscar Wilde

FAITES LE MÉNAGE DANS VOS E-MAILS

Commencez par vous désinscrire des listes d'abonnement dont vous ne voulez plus. Vous pouvez aussi créer des filtres pour rediriger certains e-mails dans un dossier séparé de votre boîte de réception principale. L'idéal à atteindre est l'inbox zéro, pratique qui consiste à supprimer et nettoyer sa boîte mail tous les jours pour atteindre un « zéro mail dans la boîte de réception ».

24
FÉVRIER

7h43 18h25

St Modeste

« Ce n'est pas la folie
qui est capable
de bouleverser le monde,
c'est la conscience. »

SPINOZA

MANGEZ UN (SEUL !) BONBON

Manger ou boire quelque chose de sucré a un effet apaisant parce que cela régule la production des hormones du stress, les glucocorticoïdes. Bien que ce ne soit pas un prétexte pour vous jeter sur le distributeur automatique du bureau, un carré de chocolat, un petit bonbon, ou une autre douceur de taille raisonnable, peuvent aider en cas de stress.

« Le silence
est aussi plein de sagesse
et d'esprit en puissance
que le marbre non taillé
est riche
de sculpture. »

ALDOUS HUXLEY

UNE RAISON DE VOUS LEVER

La première chose que vous faites en vous réveillant doit être quelque chose que vous appréciez particulièrement, de façon à vous faire sortir de votre lit. Un délicieux petit déjeuner, une douche brûlante avec des savons dont les parfums vous enivrent toujours, la matinale d'une radio qui vous fait rire ou vous passionne, la lecture d'un quotidien… Ou encore un peu de yoga ou de sport.

26
FÉVRIER
7h39 18h29
St Nestor

« Vous éveiller
subitement au fait que
votre Esprit est le Bouddha
Qu'il n'y a rien à atteindre,
rien à faire, telle est la
Voie Suprême. »

HUANG-PO

L'ART DU KIAI

Dans les arts martiaux, le kiai est un cri servant à réunir l'énergie de l'esprit et celle du corps. Cette explosion est un véritable défouloir contre les frustrations. Choisissez un endroit tranquille, inspirez profondément et poussez un long cri venant du ventre. En même temps que l'air, vous expulserez vos tensions nerveuses et votre stress.

« Il y a des étoiles
mortes qui brillent encore
parce que leur éclat est pris
au piège du temps. »

Don DeLillo

LE CROISSANT DE LUNE

Le corps a tendance à se courber et à se tasser quand on est stressé. Pour éviter cela et vous détendre, prenez quelques minutes pour réaliser une posture de yoga facile et efficace : le croissant de lune. Assis sur votre chaise de bureau, levez les bras vers le ciel, rejoignez vos mains et étirez vos doigts. Penchez délicatement votre corps d'un côté et réalisez 2 ou 3 respirations profondes. Faites de même de l'autre côté.

« La liberté n'est pas l'absence d'engagement, mais la capacité de choisir. »

Paulo Coelho

METTEZ DE LA MAGIE DANS LE QUOTIDIEN

Regardez un nuage pour y voir un visage, attrapez un diamant dans un flocon de neige ou voyez les méandres d'un fleuve dans un mur lézardé. Bref retrouvez votre âme d'enfant.

1er

MARS

7h34 18h33

St Aubin

« En faisant scintiller notre lumière, nous offrons aux autres la possibilité d'en faire autant. »

Nelson Mandela

AUTOMASSAGE DU CUIR CHEVELU

Il existe des gestes simples à effectuer soi-même pour soulager les tensions. Les doigts écartés sur le crâne, effectuez des mouvements circulaires lents et profonds sur l'ensemble de votre tête. Vous pouvez également étirer doucement les cheveux ainsi que le cuir chevelu sur plusieurs zones.

2

MARS

☀ 7h32 ☀ 18h35

St Charles le Bon

« La seule force,
la seule valeur,
la seule dignité de tout,
c'est d'être aimé. »

CHARLES PÉGUY

ÉVITEZ LE BLUES DU DIMANCHE SOIR

Beaucoup de Français, à l'idée de retrouver les contraintes de la semaine, sont sujets à la déprime du dimanche soir. Pour lutter contre celle-ci, prévoyez-vous quelque chose d'agréable : des jeux de société en famille, un ciné ou encore la rediffusion de votre film préféré, tranquillement installé dans votre canapé.

3
MARS

7h30 18h37

St Guénolé

« Il n'y a pas de charme égal à la tendresse du cœur. »

Jane Austen

BOULE DE POILS ANTISTRESS

Les fans de chats le savent, il y a de nombreux bienfaits à vivre avec un félin. Avoir un chat assure non seulement un bien-être pour la santé. notamment une baisse de la pression artérielle, la réduction du stress, une meilleure santé cardiaque mais aussi une vie plus longue.

4

MARS

7 h 28 18 h 38

St Casimir

« L'espoir est comme
le ciel des nuits :
il n'est pas coin si sombre
où l'œil qui s'obstine
ne finisse par découvrir
une étoile. »

Octave Feuillet

SCULPTEZ LA TERRE POUR VOUS DÉTENDRE

Malaxer, pétrir, rouler : autant de gestes qui permettent d'évacuer la pression. C'est pourquoi la poterie est l'une des activités créatives les plus efficaces pour se détendre.

5
MARS

☀ 7h26 ☀ 18h40

Ste Olive

« La sagesse ne contredit jamais la nature. »

Juvénal

ABSENTEZ-VOUS… VIRTUELLEMENT !

Éloignez-vous des réseaux sociaux au moins une journée par semaine. Sachez prendre de la distance avec ce qu'il s'y passe. Votre vie dans le monde réel est bien plus importante.

6

MARS

7h24 18h41

Ste Colette

« Il est bon de parler
et meilleur de se taire. »

Jean de La Fontaine

LES ÉPINARDS DONNENT LA FORCE DE POPEYE, MAIS AUSSI SA BONNE HUMEUR !

Ces légumes verts sont particulièrement riches en vitamine B9, qui joue un rôle essentiel dans la sécrétion de la sérotonine, l'hormone du bien-être. On en trouve aussi en grande quantité dans les brocolis ou les asperges.

7
MARS

☀ 7h22 ☀ 18h43

Ste Félicité

« Le faible ne peut pardonner. Pardonner appartient aux forts. »

Gandhi

LA VIE EN BLANC

La météo annonce de la neige ? Au lieu de penser tout de suite à la galère sur la route, prenez le temps de la regarder tomber. Et s'il y en a suffisamment, ne boudez pas votre plaisir et faites un bonhomme avec vos enfants ou vos collègues !

8
MARS

☀ 7h19 ☀ 18h44

St Jean de Dieu

« La générosité est la clé de toutes les autres vertus. »

Descartes

ÉCONOMISEZ VOTRE SALIVE

Parfois, face à certaines personnes, il ne sert à rien de vouloir convaincre ou défendre son opinion à tout prix. Ce comportement est énergivore. Utilisez votre salive à bon escient, au bon moment et auprès des bonnes personnes, celles qui prêteront une oreille attentive à vos propos.

« Hâte-toi de bien vivre
et songe que chaque jour
est à lui seul une vie. »

SÉNÈQUE

SAVOUREZ LES PETITS PLAISIRS

Apercevoir la pleine lune, passer devant la tour Eiffel lorsqu'elle scintille, être touché par un musicien dans le métro, autant de petits instants de plaisir volés à la frénésie du quotidien, qu'il faut savoir identifier et prendre le temps d'apprécier à leur juste valeur.

10
MARS

7h15 18h48

St Vivien

« L'amour est fait de choses indescriptibles, invisibles comme le parfum et comme le chant, qu'on respire et qu'on entend sans pouvoir les saisir ni les analyser. »

ALEXANDRE DUMAS FILS

UNE MAISON FENG SHUI

Cette pratique, qui fait partie de la médecine chinoise, permet d'équilibrer le flux d'énergie dans les lieux de vie et de travail. Ainsi le Feng Shui permet de retrouver la santé et l'harmonie, de prévenir les maux et de vivre en toute sérénité.

11

MARS

7h13 18h49

Ste Rosine

« Il y a autant
de manières d'être heureux
qu'il y a d'individus. »

DIDEROT

METTEZ DU BLEU DANS VOTRE VIE

Le bleu est la couleur qui calme le mental et améliore la concentration. Il permettrait d'augmenter de 25 % la rapidité d'exécution d'une tâche et de 12 % le temps de réaction. À défaut d'une vue sur mer ou d'un ciel bleu au-dessus de votre tête, entourez-vous d'habits, d'objets ou de tableaux qui rappellent cette couleur, même par petites touches.

12
MARS
7h11 18h51
Ste Justine

« Il faut faire des efforts pour aller vers le bonheur, s'oublier et avoir toujours de l'optimisme. »

CHARLES AZNAVOUR

LUMINOTHÉRAPIE AU RÉVEIL

De nombreux Français souffrent d'un réveil difficile, avec son lot de conséquences sur l'humeur. Si les perturbations rencontrées au cours de l'activité nocturne augmentent le risque de se réveiller avec difficulté, les personnes souffrant de dépression saisonnière sont plus exposées à ce problème. Dispositif de luminothérapie, le simulateur d'aube assure un réveil tout en douceur.

13
MARS

7 h 09 18 h 52

St Rodrigue

*« Une demi-heure
de méditation est essentielle
sauf quand on est
très occupé. Alors une heure
est nécessaire. »*

Saint François de Sales

« DON'T STOP ME NOW »

Cette chanson de Queen arrive en tête des chansons des cinquante dernières années qui rendent le plus de bonne humeur. Le classement est établi selon trois critères : des paroles positives, un tempo de 150 battements par minute et des notes dans la tonalité majeure pour produire la chanson feel good idéale.

« Le rôle d'un ami,
c'est de se trouver à votre
côté quand vous êtes
dans l'erreur puisque
tout le monde sera à côté
de vous quand vous
aurez raison. »

MARK TWAIN

UN TEMPS SPÉCIAL E-MAIL

Après chaque consultation de sa boîte de réception, il faut 16 minutes pour retrouver un peu de concentration et revenir à ce qu'on était en train de faire avant. Instaurez un temps pour les e-mails dans votre agenda, durant lequel vous ne vous concentrez plus que sur cette tâche, car rien de plus contre-productif que d'y répondre au compte-gouttes dès leur réception.

15

MARS

7h05 18h55

Ste Louise

« Un pessimiste voit
la difficulté dans chaque
opportunité, un optimiste
voit l'opportunité dans
chaque difficulté. »

WINSTON CHURCHILL

MANGEZ DU GUACAMOLE

L'avocat regorge de tyrosine, un acide aminé qui entraîne la sécrétion de dopamine et de noradrénaline, deux hormones considérées comme des neurotransmetteurs régulateurs de l'humeur et de la… libido ! C'est aussi une bonne source de vitamine B, de potassium, calcium et magnésium.

16
MARS
7h03 18h57
Ste Bénédicte

« La beauté
est dans les yeux
de celui qui regarde. »

Oscar Wilde

GARE AU BURN OUT AMOUREUX !

Ne plus être heureux dans sa relation de couple mais ne pas être prêt à assumer la rupture est plus courant qu'on ne le pense. Pourtant cette ambivalence est très douloureuse pour les deux parties. Il faut savoir rompre au bon moment.

17
MARS
7h01 18h58
St Patrick

*« Il faut être heureux
et y mettre du sien.
Si l'on reste dans la position
du spectateur impartial,
laissant seulement entrée
au bonheur et portes
ouvertes, c'est la tristesse
qui entrera. »*

ALAIN

ENLACEZ UN ARBRE

Avez-vous déjà entendu parler de la sylvothérapie ? Il s'agit tout simplement d'une « thérapie par les arbres ». Cette technique est née au Japon avec les « bains de forêt », où il a été prouvé qu'elle abaissait le niveau de stress, de dépression et la tension artérielle. Choisissez un arbre si possible isolé d'au moins 500 mètres des routes et habitations. Il doit être feuillu, sans parasites, ni feuilles jaunes ou branches mortes. Posez votre front sur l'arbre face au nord pendant au moins une dizaine de minutes.

18

MARS

6h59 19h00

St Cyrille

« Une vie heureuse est impossible sans la sagesse, l'honnêteté et la justice, et celles-ci à leur tour sont inséparables d'une vie heureuse. »

ÉPICURE

SOYEZ UN SUPER-HÉROS !

Poser deux minutes les mains sur les hanches augmente la testostérone de 20 %, tandis que cela fait baisser le cortisol, hormone du stress de 25 %. Vous avez un rendez-vous galant, un entretien d'embauche, un repas de famille ou encore une présentation orale qui vous stresse ? Posez les mains sur les hanches en bombant le torse pendant 120 secondes, et plus rien ne vous fera peur.

19

MARS

6h57 19h01

St Joseph

« Celui qui sait profiter du moment, c'est là l'homme avisé. »

JOHANN WOLFGANG VON GOETHE

CHANTER SOUS LA DOUCHE POUR BOOSTER L'ESTIME DE SOI

Dans une douche, on a tous l'impression d'être le nouveau gagnant de la Nouvelle Star. Ainsi si ce concert entre vous et votre savonnette est un moment de détente agréable, il est aussi très valorisant. Vous pensez avoir la voix de velours d'Adele, vous êtes moins triste, plus enjoué.

20
MARS

6h55 19h03

Printemps • St Herbert

*« Le bonheur :
comme une raison
que la vie se donne
à elle-même. »*

Simone de Beauvoir

UNE SOIRÉE SANS TÉLÉ NI ÉCRAN

Assurez-vous au moins une soirée, disons une par mois, allez c'est possible, sans allumer la télévision, votre smartphone et votre ordinateur. Vous reposerez vos yeux, votre tension baissera. Moins sollicité, donc moins stressé, vous dormirez mieux. Et si vous vous ennuyez, faites une compote pour votre petit déjeuner du lendemain !

21

MARS

6h52 19h04

Ste Clémence

« Vis aujourd'hui,
comme si c'était le dernier
jour. Et fais des projets,
comme si tu étais là
pour l'éternité. »

Agatha Christie

LA LISTE DE VOS ENVIES

Écrire noir sur blanc nos rêves, même les plus fous, est une manière positive de se projeter dans le futur. Laissez venir vos pensées sans contrainte, vous ferez le tri après ! Et datez cette liste, avec un début et une fin, même hypothétique.

22
MARS

6h50 19h06

Ste Léa

« L'art est la source de vie;
il est l'esprit de progrès,
il donne à l'âme le plus
précieux des biens :
la liberté; et nul n'en jouit
plus que l'artiste. »

Romain Rolland

EST-CE QUE CET OBJET ME REND *HEUREUX* ?

Si vous ressentez de la *joie*, de l'*inspiration*, gardez-le. Si ce n'est pas le cas, jetez-le ou faites-en un *don*. Plus qu'une façon de ranger sa maison, la méthode KonMari est un guide pour prendre de meilleures décisions, vivre mieux, et atteindre son idéal.

23
MARS
6h48 19h07
St Victorien

« Un homme n'est jamais si grand que lorsqu'il est à genoux pour aider un enfant. »

PYTHAGORE

UNE SEULE CHOSE À LA FOIS

Dans notre travail ou dans nos loisirs, c'est en arrêtant de nous disperser, en nous concentrant totalement sur une seule activité que nous pouvons ressentir ce qu'on appelle une « expérience optimale de flux », qui nous emporte, nous fait perdre la notion du temps et oublier nos soucis.

24

MARS

☀ 6h46 ☀ 19h09

Ste Catherine de Suède

« Il n'est de grand amour qu'à l'ombre d'un grand rêve. »

Edmond Rostand

INTERDISEZ LES TÉLÉPHONES PORTABLES À TABLE

Le repas est en France un moment de convivialité qui est de plus en plus interrompu par la sonnerie d'un sms ou d'une alerte indiquant le score du match. Avec votre famille et vos amis, essayez d'établir cette règle dans la mesure du possible : les téléphones ne sont pas conviés autour de la table.

25
MARS
6h44 19h10
St Humbert

*« L'espoir est contagieux,
comme le rire. »*

JOAN BAEZ

LES BIENFAITS DU TAI-CHI

Cet art chinois promet souplesse, apaisement, il augmente la concentration, améliore la mémoire et les capacités intellectuelles. La détente et la sérénité qu'il procure invitent au développement intérieur pour peu que l'on persévère. Ce n'est en effet pas une discipline qui s'apprend rapidement.

26
MARS
6h42 19h12
Ste Larissa

« Aie confiance
en toi-même,
et tu sauras vivre. »

Johann Wolfgang von Goethe

LA VERTU DES PIERRES

La lithothérapie prône les bienfaits des pierres sur la santé comme sur le mental. Certaines sont reconnues pour booster le moral : la citrine, le jade, l'ambre, l'agate ou encore l'aigue-marine. De toutes les pierres de lithothérapie, celle qui est réputée comme la plus susceptible d'amener le bonheur est la pierre de soleil.

27

MARS

6h40 19h13

St Habib

« La vie me semble
trop courte pour la passer
à entretenir des
ressentiments ou ressasser
des griefs. »

Charlotte Brontë

NE PLUS ENVOYER DES SMS QUE L'ON REGRETTE

À votre ex ou encore à votre boss…
Appliquez la méthode DNS « Do not send ».
Écrivez le message qui vous démange, mais laissez-le dans les brouillons, cela vous soulagera.

28
MARS
6h38 19h15
St Gontran

« Les gagnants trouvent des moyens, les perdants des excuses. »

Franklin D. Roosevelt

NE REMETTEZ PAS VOTRE BONHEUR À PLUS TARD

« Quand j'aurai fini mes études », « quand j'aurai rencontré quelqu'un », ou encore « quand je serai à la retraite », etc. C'est bien d'avoir des projets d'avenir mais le bonheur commence à la minute présente. Ne le réservez pas au futur.

29

MARS

7h36 20h16

Ste Gladys

« Il n'y a que deux moyens pour connaître : observer et méditer. »

Pierre Choderlos de Laclos

LE BIEN-ÊTRE À PORTÉE DE MAIN

Méthode de guérison holistique et naturelle, le reiki consiste à canaliser puis à transmettre l'énergie vitale, qui circule dans toute matière vivante, par l'imposition des mains. Le reiki peut être envisagé sous deux angles : les soins et le développement personnel.

30

MARS

7h33 20h18

St Amédée

« Vivre ce n'est pas sérieux,
ce n'est pas grave.
C'est une aventure, c'est
presque un jeu. Il faut fuir
la gravité des imbéciles. »

JACQUES BREL

RESSENTEZ LE BONHEUR DU QUOTIDIEN

On passe le plus clair de notre temps à ignorer toutes les petites actions qui font notre quotidien : marcher, respirer ou même se laver les mains. La méthode Vittoz peut vous aider à redonner tout leur sens aux gestes les plus anodins, et ainsi à vous recentrer.

31

MARS

7h31 20h19

St Benjamin

« La vie est ton navire et non pas ta demeure. »

Lamartine

RANGEZ !

Placards de la cuisine, tablettes de la salle de bains, armoires et commodes des chambres… Ça s'entasse sur les étagères, les tiroirs débordent. Et si vous profitiez de ces quelques jours de vacances pour tout ranger à fond ? Imaginez le linge bien plié, les vêtements ordonnés, la paperasse classée, l'épicerie à sa place : les épices et les sauces devant, les paquets de biscuits derrière… Quel plaisir d'ouvrir un meuble dans lequel tout est en ordre !

1er
AVRIL

7h29 20h21

St Hugues

« Le bonheur
le plus doux est celui
qu'on partage. »

JACQUES DELILLE

UN KIWI CHAQUE MATIN

Faites le plein de tonus dès le petit déjeuner avec un kiwi, entier « à la coque » ou en jus frais ou en morceaux dans un fromage blanc. Peu calorique, antioxydant, riche en fibres, en vitamines (C, E, B9), bourré de potassium, c'est le fruit parfait pour renforcer votre immunité.

2

AVRIL

7h27 20h22

Ste Sandrine

*« La préservation
de la santé vaut mieux
qu'une cuirasse. »*

Hakim Meysari

SAUVEGARDEZ VOS DONNÉES TRÈS RÉGULIÈREMENT

Photos, papiers importants (que vous aurez pris soin de scanner : cartes d'identité, passeports, feuilles d'impôt, bulletins scolaires, de paie, de santé, diplômes…) ; dossiers en tous genres… Votre ordinateur est plein de documents à surtout ne pas perdre. Alors, un conseil pour avoir l'esprit tranquille en cas de plantage de la machine, sauvegardez tout, sur un disque dur externe, ou dans le cloud, ou encore dans un coffre-fort virtuel.

3

AVRIL

7 h 25 20 h 24

St Richard

« La fin de l'espoir est le commencement de la mort. »

Charles de Gaulle

CRÉEZ UN JARDIN ZEN

Calme, patience, application, soin… Jardiner est sans doute un des meilleurs moyens de « cultiver sa zénitude ». À la campagne ou même en appartement, aménagez un coin de verdure zen. Choisissez bien vos arbres et arbustes (camélia, azalées, bambous) ou vos bonsaïs. Ajoutez quelques pierres rondes et toujours en nombre impair, du sable parfaitement ratissé, et un petit point d'eau si possible. Enfin, soignez la sobriété.

4

AVRIL

7 h 23 20 h 25

St Isidore

« L'oreille
est le chemin
du cœur. »

VOLTAIRE

ARRÊTEZ DE RÂLER

C'est épuisant et totalement stérile ! Pas la peine de tempêter à voix haute ou de bougonner dans votre barbe. Bien sûr, il y a des jours où tout va de travers : c'est lundi, la voiture ne démarre pas, pas de connexion WiFi… Mais bon, râler, ne fera rien avancer, alors voyez le bon côté des choses : le programme de la semaine est réjouissant : sorties, spectacle ; allez au bureau en marchant pour vous oxygéner et pour la WiFi il suffisait de relancer le modem !

5

AVRIL

7h21 20h27

Ste Irène

« Quand on ouvre la main,
on peut tout obtenir. »

Taisen Deshimaru

UNE PLANTE PORTE-BONHEUR

Votre intérieur est un peu tristounet et vous plombe le moral ! Égayez-le avec une jolie plante verte. Il y en a même qui porteraient bonheur : la camomille attirerait la prospérité, l'orchidée est symbole de fertilité, le bambou donnerait de la force, la lavande et l'eucalyptus repousseraient les mauvaises ondes, la fougère est protectrice… Vous avez l'embarras du choix !

6
AVRIL

7h19 20h28

St Célestin

« En te levant le matin,
rappelle-toi combien
précieux est le privilège
de vivre, de respirer,
d'être heureux. »

Marc Aurèle

LA MAIN SUR LA POITRINE DE L'ENFANT…

Votre petit est au lit, dans la pénombre et le silence, les yeux fermés. Pour le calmer et l'aider à s'endormir, posez votre main sur sa poitrine délicatement et calez-vous ensemble pour une respiration à la fois douce et profonde et comptez à voix basse jusqu'à 60 : une minute ! Laissez encore quelques instants votre main sur votre enfant sans rien dire, puis éloignez-vous. Vous vous sentirez aussi détendu et calme que lui !

« C'est parfois dans
un regard, dans un sourire
que sont cachés les mots
qu'on n'a jamais
su dire. »

YVES DUTEIL

UN JOLI PUZZLE

Plutôt que regarder la télévision, lancez-vous dans un puzzle, seul ou en famille où chacun vient placer une pièce. Il vous suffit d'une table disponible. Il existe des puzzles de toutes les tailles et difficultés. Paysage bucolique, tableau célèbre ou même une photo personnelle… Merveilleux passe-temps pour vous reposer, mais aussi pour développer votre patience et votre concentration.

8

AVRIL

7h15 20h31

Ste Julie

« La gentillesse est
le langage qu'un sourd
peut entendre et
qu'un aveugle peut voir. »

MARK TWAIN

LE CURCUMA À TOUTES LES SAUCES

Cette épice orangée est une mine de bienfaits.
Le curcuma aide à combattre le cancer.
C'est un antioxydant et un anti-inflammatoire
reconnu, ainsi qu'un allié des jolies peaux.
On peut le consommer en gélules, ou en cuisine
dans une poêlée de légumes, ou encore
dans une compote mangue et banane, c'est un régal.
Attention pour que l'épice soit vraiment efficace,
ajoutez un peu de poivre. Oui, même
dans une compote !

9
AVRIL

7 h 13 20 h 33

Pâques • St Gauthier

*« L'homme énergique
et qui réussit, c'est celui
qui parvient à transformer
en réalités les fantaisies
du désir. »*

Sigmund Freud

CHANTEZ DANS UNE CHORALE

Développez votre bien-être, chassez votre stress et faites-vous de nouveaux amis. Chanter dans une chorale est un petit plaisir à la portée de tous… pourvu que vous ne chantiez pas trop faux ! Des chorales, il y en a partout et de toutes sortes : pour les amateurs de cantates de Bach, de gospel ou de variété. Libérez votre voix, l'harmonie qui est en vous, respirez !

10

AVRIL

7h11 20h34

Lundi de Pâques • St Fulbert

« Nul n'est méchant volontairement. »

PLATON

UNE BOÎTE À LIVRES DANS VOTRE QUARTIER

De plus en plus de communes se dotent de boîtes à livres. Le principe : gratuité, liberté, proximité ! Vous y déposez les livres que vous avez lus afin d'en faire profiter les autres : voisins et même SDF. Vous aurez la satisfaction du partage et vous animerez votre quartier.

« Si vous voulez
que la vie vous sourie,
apportez-lui d'abord
votre bonne humeur. »

SPINOZA

PORTEZ DES COULEURS CHAUDES

Du rouge, du rose, du jaune ou de l'orange, portez des couleurs chaudes. Elles raviveront votre teint, atténueront vos cernes, et vous feront du bien au moral. La chromothérapie a prouvé ses bienfaits : les Chinois et les Indiens savent depuis longtemps que certaines couleurs, comme le safran ou le rouge, diffusent des ondes positives.

« On écoute la musique
du cœur : c’est joli
pour qui sait entendre. »

ANTOINE DE SAINT-EXUPÉRY

LE DROIT À LA DÉCONNEXION

Savez-vous que le droit à la déconnexion est une obligation légale ? Au travail bien sûr, pas de e-mail, ni de sms en dehors des heures de boulot… et si vous l'appliquiez à la maison ? On débranche la box, on se coupe de l'extérieur quelques heures, une soirée, un week-end. Profitez-en pour lire, méditer, ou même dormir ! Bref pour vous détendre vraiment.

13

AVRIL

7h05 20h39

Ste Ida

« La vie est un défi
à relever, un bonheur
à mériter, une aventure
à tenter. »

MÈRE TERESA

UNE DOUZAINE D'HUÎTRES

Faites-vous plaisir et le plein de minéraux et de vitamines. Les huîtres ont tout pour elles : elles sont light (70 calories pour 8 huîtres), contribuent à réduire le mauvais cholestérol, recèlent du fer et du magnésium contre le manque de tonus, du calcium pour lutter contre le vieillissement, du phosphore… La liste de leurs qualités est longue.

14
AVRIL
7 h 03 20 h 40
St Maxime

« L'ignorant affirme,
le savant doute,
le sage réfléchit. »

Aristote

LA POSITION DU CHAT POUR SOULAGER VOTRE DOS

Idéale pour délier et étirer votre colonne vertébrale, cette posture permet aussi de bien contrôler votre respiration. À quatre pattes, les yeux fermés pour vous concentrer, les jambes légèrement écartées, les bras tendus, inspirez en rentrant le ventre et creusez les reins. Puis expirez en faisant le dos rond. Répétez le mouvement doucement une dizaine de fois.

15
AVRIL
7h01 20h42
St Paterne

« Si je devais recommencer ma vie, je n'y voudrais rien changer ; seulement j'ouvrirais un peu plus grand les yeux. »

Jules Renard

NE CHERCHEZ PAS À ÊTRE PARFAIT

La perfection : l'éternelle quête…
mais totalement vaine et surtout inutile,
clament les psychiatres. Que de frustrations
et de sacrifices pour atteindre cet objectif.
Parents parfaits, employés modèles…
sont-ils vraiment enviables ? Sont-ils plus heureux ?
Pas sûr ! Car l'envie de faire bien, de faire mieux
est déjà un moteur formidable
dans la vie.

« Un homme ne doit jamais rougir d'avouer qu'il a tort ; car, en faisant cet aveu, il prouve qu'il est plus sage aujourd'hui qu'hier. »

JEAN-JACQUES ROUSSEAU

BUVEZ DE L'EAU

Un petit coup de pompe dans la journée ? Commencez par boire un grand verre d'eau, première source de vitalité de notre corps. Pour vous nettoyer de l'intérieur, éliminer, évidemment. Mais aussi pour vous aider à mieux vous concentrer. De source ou au robinet, plate ou pétillante, froide ou chaude, l'eau apaise les émotions et facilite votre activité cérébrale.

17
AVRIL
6 h 57 — 20 h 45
St Anicet

« Ne mourez pas dans l'histoire de vos blessures passées et de vos expériences passées, mais vivez dans le présent et l'avenir de votre destin. »

Michelle Obama

DÎNEZ AVEC VOTRE MEILLEUR(E) AMI(E)

Un petit bistrot à deux avec votre meilleur(e) pote, votre ami(e) d'enfance, quelle joie ! Ça fait partie des petits plaisirs indispensables pour se sentir bien. Raconter des tas de bêtises, s'ouvrir sur ses soucis du quotidien, se remémorer des souvenirs heureux, avoir des fous rires… en toute confiance. Voilà une soirée parfaite. Vous en sortirez le sourire aux lèvres.

18

AVRIL

6h55 20h46

St Parfait

*« Bonne est l'action
qui n'amène aucun regret
et dont le fruit est accueilli
avec joie et sérénité. »*

Bouddha

PRÉPAREZ VOTRE TENUE LA VEILLE

Le matin, y a rien à faire, c'est la course. Un petit truc qui vous fera gagner du temps et un peu de « zenitude » : préparez votre tenue la veille avant de vous coucher. Un œil sur la météo du lendemain et hop un tour dans vos armoires. Sortez tout : des chaussettes aux dessous, du pull à l'écharpe, les vêtements bien disposés sur la chaise pour ne rien froisser.

19

AVRIL

6 h 53 20 h 48

Ste Emma

« Créer, c'est résister.
Résister, c'est créer. »

STÉPHANE HESSEL

PLEUREZ DEVANT UN CLASSIQUE

Titanic, *Moulin rouge*, *Le Cercle des poètes disparus*, *Sur la route de Madison*… Un bon vieux film classique, romantique à souhait, une histoire d'amour bouleversante : voilà une soirée cocooning et apaisante. Selon les psychologues, pleurer devant un bon film serait un signe de générosité et permettrait d'évacuer le stress. Sortez vos mouchoirs !

20

AVRIL

6h51 20h49

Ste Odette

« Demain est important pour moi, beaucoup plus important qu'hier. Je vois devant. »

Charles Aznavour

MÂCHEZ UN CHEWING-GUM

Ce n'est pourtant pas très élégant mais mâcher un chewing-gum en détendant les muscles du visage permet d'évacuer les tensions. Cela facilite la concentration et augmente la vivacité d'esprit. Attention néanmoins au sucre contenu dans un chewing-gum, à mastiquer discrètement et à ne pas le jeter n'importe où.

21
AVRIL
6h49 20h51
St Anselme

« Jamais le soleil
ne voit l'ombre. »

LÉONARD DE VINCI

FAITES-VOUS UN CADEAU

La semaine a été dure, stressante, épuisante. Il est temps de vous faire du bien, de vous remonter le moral : faites-vous un cadeau, pas forcément un gros, juste un petit plaisir : un T-shirt, un rouge à lèvres, un bon roman… C'est une preuve d'amour de soi, cela favorise la production d'endorphine, l'hormone du bonheur.

22
AVRIL

6h47 20h52

St Alexandre

« Il n'y a en amour
que les honteux
qui perdent. »

MOLIÈRE

RÉGLEZ UNE VIEILLE RANCŒUR

Vous broyez du noir, cette histoire vous mine, vous « prend la tête », vous ressassez, vous vous repassez la scène sans arrêt. Ça suffit ! Réglez une fois pour toutes cette vieille rancœur. Parlez, pardonnez ou demandez pardon. Bien sûr, ce n'est pas facile, prenez votre courage à deux mains. Sachez qu'après vous vous sentirez tellement mieux, soulagé, léger.

23
AVRIL

☀ 6 h 45 ☀ 20 h 54

St Georges

« Le bonheur vient
de l'attention prêtée
aux petites choses,
et le malheur de la négligence
des petites choses. »

PROVERBE CHINOIS

UN BUDDHA BOWL

Appelé aussi bol du bonheur, ce plat unique, complet et équilibré, est avant tout bio, végétarien et joliment présenté dans un bol (d'où son nom). Il est composé de légumes frais, de céréales, de légumineuses, d'oléagineux. À agrémenter d'une vinaigrette de son choix. Parfait pour un déjeuner « détox » et sain.

24
AVRIL
6h43 20h55
St Fidèle

« Manifester
son bonheur est un devoir ;
être ouvertement heureux
donne aux autres
la preuve que le bonheur
est possible. »

ALBERT JACQUARD

SÉANCE DE CÂLINOTHÉRAPIE

Touchez vos proches, votre partenaire, vos enfants, vos parents, vos frères et sœurs… Prenez-leur la main, caressez-les tendrement, embrassez-les. Prenez-les dans vos bras pour un gros câlin. C'est une source de bonheur formidable, un antistress reconnu, toutes les pressions retombent quand on étreint ceux qu'on aime.

25
AVRIL
6h42 20h57
St Marc

« La seule chose
qu'on est sûr de ne pas
réussir est celle
qu'on ne tente pas. »

Paul-Émile Victor

DORMEZ BIEN

Mettez-vous en condition.
Pas de thé ni de café après 18 heures.
Pas de sport non plus après 20 heures. Un dîner léger.
19 °C dans la chambre. Lumières tamisées.
Votre téléphone en mode avion. Pas d'écran,
plutôt un livre. Respirez doucement et profondément.
Enfin, respectez vos cycles de sommeil.

26
AVRIL
6 h 40 20 h 58
Ste Alida

« L'apparence requiert art et finesse ; la vérité, calme et simplicité. »

Emmanuel Kant

PARTAGEZ LES TÂCHES DE LA MAISON

Le ménage a besoin d'être fait, un grand repas de famille à préparer… Alors, distribuez son rôle à chacun, l'aspirateur et la poussière pour l'un, la salle de bains pour l'autre, le repassage pour le troisième, tout le monde fait sa chambre. Pareil pour la cuisine. Et faites-leur confiance.

27

AVRIL

6 h 38 21 h 00

Ste Zita

*« Le verbe aimer
est difficile à conjuguer :
son passé n'est pas simple,
son présent n'est qu'indicatif,
et son futur est toujours
conditionnel. »*

JEAN COCTEAU

ENRACINEZ-VOUS

Voici deux postures afin d'harmoniser vos chakras. La première : debout, ancrez-vous bien dans le sol avec vos deux pieds, le dos bien droit, les jambes légèrement fléchies et concentrez-vous jusqu'à faire baisser votre centre de gravité. La seconde : toujours debout, bien droit, levez les bras droits vers le ciel et les mains jointes, puis pliez une jambe, le pied vient se loger au creux du genou et essayez de tenir l'équilibre. N'oubliez pas de bien respirer.

« Regarder "loin",
c'est regarder "tôt". »

Hubert Reeves

UN BOUQUET ZEN

Impérativement des fleurs et des plantes fraîches. Composez un bouquet élégant et harmonieux à base de bambous, de branches épurées, de fleurs de cerisier, de chrysanthèmes…, dans un camaïeu de couleurs pastel. Ce peut être une composition asymétrique à la manière d'un ikebana, un bouquet rond de fleurs anciennes, l'important est qu'il vous apaise.

« Les grandes douleurs
ne durent pas. »

CHARLES PERRAULT

REPOSEZ VOTRE MENTAL

Mais oui, votre mental aussi a besoin de repos.
Il est toujours en ébullition, toujours à se projeter,
reconcentrez-vous sur le temps présent.
Essayez de ressentir chaque chose :
votre corps par exemple, concentrez-vous
sur vos membres les uns après les autres,
votre tête, votre respiration.

30
AVRIL

6h33 21h04

St Robert

« Rêves, rêves, rêves,
le domaine des rêves
à chaque pas s'étend. »

LOUIS ARAGON

RESPIREZ EN CONSCIENCE

Rien de plus naturel et instinctif que de respirer. Inspirer, expirer… Inspirer, expirer… Pourtant, il est très apaisant de s'imprégner de notre respiration en suivant attentivement le parcours de l'air que l'on respire, du nez jusqu'au plus profond de nos poumons.

1er
MAI

☀ 6h31 ☀ 21h05

Fête du Travail • St Jérémy

« La confrontation avec sa propre histoire permet non seulement d'ouvrir les yeux sur l'enfant tel qu'il continue d'exister en chacun de nous; mais réduit aussi le blocage de la pensée et de la sensibilité en général. »

Alice Miller

POUVOIR OU NON ?

Faites bien la distinction entre ce que vous pouvez changer dans votre vie et ce que vous ne pouvez pas. Une fois qu'objectivement vous avez fait ce tri, acceptez ce sur quoi vous n'avez pas de pouvoir et battez-vous par ailleurs pour arriver aux changements possibles.

2
MAI

6h29 21h07

St Boris

« Le brin de paille se figure que c'est contre lui que la mer s'agite. »

Sagesse persane

PARLEZ-VOUS COMME À UN AMI

Quand l'un de vos proches ne va pas bien, vous êtes bienveillant, réconfortant… Alors pourquoi ne l'êtes-vous pas avec vous-même ? Quand vous avez le moral en berne, parlez-vous à voix haute en ces termes : « Allez, ça va passer », « Tu vas y arriver » ou encore « Rassure-toi, après l'orage vient le beau temps »…

3
MAI

6 h 28 · 21 h 08

St Philippe, St Jacques

« L'amour est le seul
remède à même de guérir
les blessures
du monde. »

Amma

LISTEZ VOS JOIES

Tenez un « carnet de joie » sur lequel vous noterez les grands bonheurs ou petites joies que vous vivez ou que vous aimeriez vivre. Et, dans une seconde colonne, indiquez leur fréquence. Quand vous aurez quelques minutes, relisez-les et donnez-vous les moyens de les renouveler ou de les mettre en place.

4

MAI

6 h 26 21 h 10

St Sylvain

« L'état de ce monde
me révulse, m'indigne,
me déchire, et c'est mieux
que l'indifférence, mais rien
ne sera changé si je n'entre
pas dans la compassion. »

Christiane Singer

MOTIVATION ET ACUPUNCTURE

Vous avez un rendez-vous pour lequel vous manquez de motivation. Juste avant, pincez fortement le point d'acupuncture placé entre votre pouce et votre index une quinzaine de secondes, puis massez avec des mouvements rotatifs dans le sens des aiguilles d'une montre. Vous êtes prêt à faire face !

5
MAI
6h24 21h11
Ste Judith

« Il y a des choses qui s'expliquent seulement à qui veut les comprendre. »

Germaine Guèvremont

LE REPAS COMME LIEN SOCIAL ET FAMILIAL

Particulièrement en France, le repas est un moment de convivialité où la parole se libère. Moment de partage et de détente, il renforce le lien social. Prenez aussi le temps de manger en famille, car c'est une occasion d'échanges et de transmission entre générations.

6
MAI

6h23 21h13

Ste Prudence

« Les livres que tu as étudiés ne sont que les empreintes effacées des pas des Sages du passé. Ces empreintes sont laissées par des chaussures, mais elles ne sont pas ces chaussures. »

ZHUANGZI

UN CALMANT NATUREL

Vous vous êtes tellement répété que demain était LE grand jour qu'à l'heure du coucher, l'angoisse commence à monter vous empêchant de fermer l'œil. Allez donc vous faire chauffer un bol de lait. Il contient du tryptophane, un acide aminé aux vertus calmantes.

7

MAI

6h21 21h14

Ste Gisèle

« Extinction du désir : vœu absurde, car vivre, c'est désirer. Je désire de plus en plus ; ce qui a changé en moi, c'est que je ne désire plus que mes désirs se réalisent. J'ai compris que le désir est plus réel que la possession, qu'un souhait exaucé perd son envergure divine en descendant de l'éternel dans le quotidien, et que l'âme, à la différence du corps, se nourrit de sa faim. »

GUSTAVE THIBON

ACCORDEZ-VOUS DES PAUSES

Il est prouvé qu'après 90 min à travailler, l'attention baisse, et la productivité avec. Alors pensez à vous dégourdir les jambes, allez prendre un café, sortez prendre l'air. Mais surtout ne restez pas scotché sur votre téléphone ou votre ordinateur.

8

MAI

☀ 6h20 ☀ 21h15

Victoire 1945 • St Désiré

*« Le destin n'est pas
une question de chance.
C'est une question de choix :
il n'est pas quelque chose
qu'on doit attendre,
mais qu'on doit
accomplir. »*

WILLIAM BRYAN

ÉCOUTEZ MOZART !

C'est le génie de la musique apaisante. Particulièrement quand sa musique est interprétée avec des instruments à vent au son bas. Sa musique se met en cohérence avec les battements du cœur en vous relaxant significativement.

9

MAI

6h18 21h17

St Pacôme

« Si nous ne reconnaissons pas plus souvent le bonheur, c'est qu'il vient à nous avec un visage autre que celui que nous attendions. »

ANDRÉ GIDE

DIRE NON SANS CULPABILISER

Qui a dit que vous deviez toujours faire passer les autres avant vous ? Il est important pour votre bien-être de parfois vous autoriser à refuser des propositions qui empiéteraient sur vos loisirs ou vos désirs. Alors non, c'est non ! Un point c'est tout. Et sans culpabilité, s'il vous plaît !

10

MAI

6h16 21h18

Ste Solange

« Il arrive que
les grandes décisions
ne se prennent pas mais
se forment
d'elles-mêmes. »

Henri Bosco

PENSEZ AUX HUILES ESSENTIELLES

En diffusion ou en massage, elles peuvent être votre meilleur allié face à un coup de fatigue ou de déprime. Lavande, davana ou autre lemongrass font des miracles.

11
MAI
6h15 21h20
Ste Estelle

*« L'étonnement
est le plus haut sommet
que l'homme peut
atteindre. »*

Johann Wolfgang von Goethe

PAUSE LITTÉRAIRE

Il est parfois bien simple de lutter contre le stress. Regardez autour de vous, vous ne voyez pas ce livre qui traîne dans un coin de la bibliothèque et qui ne demande qu'à être lu, ou relu ? Eh bien voilà, vous avez trouvé… La lecture permet de canaliser son énergie, de découvrir des horizons et surtout de retrouver le calme.

12
MAI

☀ 6h14 ☀ 21h21

St Achille

« Le soleil ne travaille pas.
Il ne pense pas : "Je vais envoyer
mes rayons sur tel homme pour
le réchauffer, sur tel champ pour que
l'orge y mûrisse, sur tel pays afin que
ses habitants jouissent de la lumière."
Mais parce qu'il est le soleil, chaud
et lumineux par essence, il éclaire,
réchauffe et donne la vie à tous
les êtres. »

Alexandra David-Néel

PLEUREZ POUR ÉVACUER

Les larmes sont un bon moyen d'évacuer les soucis. Donnez-vous le droit de pleurer quand vous êtes submergé par le tourbillon de la vie. Isolez-vous, n'importe où, mais au calme et laissez-vous aller. Évacuez les inquiétudes, les malveillances… et revenez dans le moment présent rechargé d'ondes positives.

*« Le soi est ce qui donne
le souffle à la vie.
Vous n'avez pas besoin
de le rechercher, il est ici.
Vous êtes cela par lequel
vous rechercheriez.
Vous êtes ce que vous
recherchez ! Et cela
est tout ce qui est. »*

Papaji

MORNINGOPHILE !

Des chercheurs américains ont démontré l'incidence du réveil sur le moral. En ces journées souvent maussades, levez-vous plus tôt et prenez le temps pour une activité plaisir (relaxation, gymnastique, douche en musique...). Profitez de ces minutes de calme pour commencer la journée sur une note positive.

14

MAI

6h11 21h24

St Matthias

« Au-dessus
des nuages,
il y a toujours
du soleil. »

Pierre Dudan

NE METTEZ PAS LA BARRE TROP HAUT

Dans le milieu professionnel, on se fixe souvent des objectifs trop difficiles à atteindre. Les raisons peuvent être diverses : pression hiérarchique, ambition personnelle… Attention, le burn out vous guette peut-être, alors levez le pied avant qu'il ne soit trop tard et revoyez vos objectifs à la baisse.

15
MAI

6h09 21h25

Ste Denise

« Ce qui garde les gens bloqués dans leur solitude, c'est en grande partie leur conviction que leur moi réel, leur moi intérieur, celui qui est caché à autrui, ne pourrait être aimé par personne. Les sentiments spontanés d'un enfant, ses attitudes vraies ont été si souvent désapprouvés par ses parents et par d'autres personnes que l'enfant a fini par introjecter en lui cette même attitude et considérer ses réactions spontanées et son vrai moi comme d'une personne que nul ne pourrait aimer. »

Carl R. Rogers

PRENEZ VOTRE PIED

Petit exercice de réflexologie plantaire : massez le point du plexus solaire qui se situe au milieu du pied droit, en faisant de petites rotations avec le pouce dans le sens des aiguilles d'une montre.

16

MAI

6 h 08 21 h 26

St Honoré

« La goutte dans la mer
peut parfois savoir
qu'elle est dans la mer,
mais elle sait rarement
que la mer est aussi
en elle. »

Karlfried Graf Dürckheim

2H30 PAR SEMAINE !

Selon l'OMS, c'est la durée idéale hebdomadaire d'activité physique modérée (comme la marche rapide) pour conserver un bon capital santé. Et la sédentarité doit être impérativement limitée à 7 heures par jour (position assise).

17
MAI

6h07 21h28

St Pascal

« La vie, c'est comme
une bicyclette,
il faut avancer pour ne pas
perdre l'équilibre. »

ALBERT EINSTEIN

LE CHOU, BON POUR LE MORAL

Qu'il soit blanc, vert, rouge, romanesco ou rave… le chou est gorgé de tryptophane qui participe à la synthèse de la sérotonine, l'hormone de l'éveil. Et c'est sans compter ses ressources en vitamine B, excellente pour équilibrer le système nerveux. Mangez-le cru si vous pouvez, vous profiterez encore mieux de ses vertus.

18

MAI

6 h 06 · 21 h 29

Ascension • St Éric

« Le but de la vie est le développement personnel. Parvenir à une réalisation de sa nature — c'est pour cela que nous sommes tous ici. »

Oscar Wilde

STRESSÉ ?
COUREZ !

Le stress peut se manifester de différentes façons : augmentation du rythme cardiaque, de la ventilation, sueurs froides, mains moites, bégaiement… Sachez repérer les signes qui vous sont propres et dès que vous les sentirez arriver, chaussez vos tennis et allez courir au grand air.

19
MAI
6 h 04 21 h 30
St Yves

« Ne pas sacrifier
l'essentiel à l'urgence,
mais obéir à l'urgence
de l'essentiel. »

EDGAR MORIN

MIEUX S'ENDORMIR…

Déposez sur votre oreiller quelques gouttes d'huile essentielle de lavande. Elle est réputée pour ses propriétés apaisantes. Si l'odeur est trop forte, vous pouvez mettre quelques brins séchés dans un petit pochon en tissu léger.

20

MAI

☀ 6h03 ☀ 21h32

St Bernardin

« Qui pense peu,
se trompe
beaucoup. »

LÉONARD DE VINCI

UNE CURE DE POLLEN

Au-delà des allergies qu'il provoque, le pollen est un complément alimentaire aux multiples vertus. Il aide à lutter contre la fatigue, le stress ou encore le vieillissement oculaire. Une grande synergie existe entre le pollen, les fruits et le miel. Il peut être consommé avec des fruits (en compote), dans un potage de légumes ou mélangé à une infusion sucrée au miel.

21
MAI
☀ 6 h 02 ☀ 21 h 33
St Constantin

« Nous croyons conduire le destin ; mais c'est toujours lui qui nous mène. »

Diderot

L'EFFET CHOCOLAT

Le chocolat est bon pour le moral.
Riche en magnésium, il permet de gérer
le stress et la fatigue. Consommez de préférence
du chocolat noir, moins riche en sucre.

22
MAI

6h01 21h34

St Émile

« Nos désirs
sont les pressentiments
des possibilités
qui sont en nous. »

Johann Wolfgang von Goethe

L'AUTOHYPNOSE

Après quelques séances d'hypnose, vous serez capable de pratiquer cette discipline seul. D'ailleurs, vous seul savez à quel moment vous en avez le plus besoin. Il s'agit d'une méthode d'autosuggestion adressée à votre inconscient afin de vous calmer ou de vous rassurer dans des moments critiques.

23

MAI

6h00 21h35

St Didier

*« La peur bloque
la compréhension
intelligente de la vie. »*

Jiddu Krishnamurti

SE DÉFOULER PAR LE RIRE

Non pas le petit sourire que vous esquissez en lisant une histoire drôle, mais un bon fou rire, voilà une solution saine pour dénouer les tensions. Peut-être n'y arrivez-vous pas ? Alors, renseignez-vous, il existe de plus en plus de clubs où l'on vous apprend à rire en groupe grâce à une technique de respiration

24

MAI

5 h 59 21 h 37

St Donatien

« Ne pas chercher
à ne pas souffrir ni
à moins souffrir
mais à ne pas être altéré
par la souffrance. »

SIMONE WEIL

RECONNAÎTRE SES TORTS

Vous pensez avoir toujours raison (ou presque), vous savez (sans l'ombre d'un doute) que votre collègue s'est trompé, vous affirmez (avec autorité) que « ce n'est pas comme ça qu'on fait ». Et si vous aviez tort ? Et s'il existait plusieurs vérités… ? Posez-vous la question, vous serez bien plus détendu (et les autres aussi !).

« L'ignorant n'est pas celui qui manque d'érudition mais celui qui ne se connaît pas lui-même. »

Jiddu Krishnamurti

YOGA NIDRA

Tout le monde a déjà entendu parler du yoga et de ses bienfaits ! Le yoga nidra vous plonge dans un état de demi-sommeil ou plutôt de sommeil corporel associé à un état de veille psychique ; ce qui permet un profond relâchement et une sensation de bien-être à nulle autre pareille.

26
MAI
5h57 21h39
St Bérenger

« Aimer quelqu'un,
c'est lui donner
de l'importance
à ses propres yeux,
l'aider à croire
en lui-même. »

VICTOR HUGO

LE MATÉ, ALTERNATIVE AU CAFÉ OU AU THÉ

Cette plante, originaire d'Amérique du Sud et très consommée dans cette région, est source de multiples bienfaits. Antioxydante et cardiotonique, elle a également un effet bénéfique sur le moral.

27
MAI

☀ 5 h 56 ☀ 21 h 40

St Augustin

« Nous souffrons parce que nous croyons donner plus que nous ne recevons. »

Paulo Coelho

ÉCRIVEZ VOTRE COLÈRE

La colère nous fait voir rouge et parfois l'emporte sur la raison. Pas de panique, pour ne pas déborder, prenez une simple feuille de papier et videz votre sac. Ne vous refusez rien, ni gros mots ni exagérations. Puis jetez ou brûlez ce papier, votre colère s'en ira avec.

28

MAI

5h55 21h41

Pentecôte • St Germain

« Trouver sa vérité,
c'est trouver son langage. »

Antoine de Saint-Exupéry

EMDR :
UNE NOUVELLE HYPNOSE

Eye Movement Desensitization and Reprocessing, traduit par « désensibilisation et reprogrammation par des mouvements oculaires ». Cette thérapie repose sur le mouvement de l'œil, un balayage rapide de gauche à droite, qui permet de se reconnecter à un événement traumatisant par la pensée et la verbalisation préalable à son thérapeute, et ainsi de l'évacuer en débloquant nos mécanismes naturels de traitement de l'information traumatique.

29
MAI

☀ 5 h 54 ☀ 21 h 42

Lundi de Pentecôte
St Aymard

*« Qu'est-ce donc que
tu aurais voulu apprendre
à l'aide des doctrines
et des maîtres, qu'eux-mêmes,
qui t'ont beaucoup appris,
ne pouvaient cependant pas
t'enseigner ? »*

Hermann Hesse

APPRÉCIEZ CHAQUE MINUTE

Vivre chaque jour comme le dernier… Cette phrase célèbre devrait se répéter comme un mantra. Privilégiez les activités que vous appréciez, apprenez, profitez des gens que vous aimez. Recentrez-vous pour laisser libre cours à vos envies. L'essentiel est en vous et n'appartient qu'à vous.

30

MAI

5 h 53 21 h 43

St Ferdinand

« Ce qu'on ne veut pas savoir de soi-même finit par arriver de l'extérieur comme un destin. »

Carl Gustav Jung

STOP À LA BIEN-PENSANCE !

La bien-pensance nous empêche de sourire à un enterrement, même à celui d'un vieil oncle acariâtre ; ou nous oblige à dire « Oh il est magnifique ! » quand on nous offre un vase si laid qu'il partira au premier vide-greniers. Stop ! Cessons de faire bonne figure ; bloquer nos émotions est préjudiciable à notre bien-être.

« Sage, le sourire
est sensible ;
Fou, le rire
est insensible. »

ALAIN

JETEZ VOTRE BALANCE !

Le poids seul ne veut rien dire et l'important c'est le reflet dans le miroir. Regardez-vous évoluer et demandez-vous si ce que vous voyez vous plaît. Vous sentez-vous bien dans votre peau ? Donc fini les balances, bonjour le miroir et c'est parti pour les résultats !

1er

JUIN

5 h 52 21 h 45

St Justin

« Il n'y a pas d'enthousiasme sans sagesse, ni de sagesse sans générosité. »

Paul Éluard

LES YEUX, LE MIROIR DE L'ÂME

En médecine chinoise, les yeux sont directement reliés à l'énergie du foie. Ainsi, l'état des cinq organes et des six entrailles se lit dans les yeux. Pensez donc à en prendre soin, et à vous relaxer par la même occasion. Exemple de massage relaxant : avec le coussin des paumes (base de la main côté auriculaire), massez les globes oculaires, paupières closes, lentement et sans appuyer, une dizaine de fois.

« Tout l'univers est plein de sa magnificence. »

JEAN RACINE

OÙ VOUS VOYEZ-VOUS DANS 10 ANS ?

Quels projets aimeriez-vous accomplir ?
Écrivez une lettre à votre Moi futur qui vous aidera à mettre le doigt sur vos désirs et à redonner un nouveau souffle à votre vie et programmez son envoi dans 1, 3, 5 ou 10 ans.
Il existe des sites pour cela.

3
JUIN
5h51 21h47
St Kevin

« Votre vie quotidienne
est votre temple
et votre religion.
Lorsque vous y entrez,
prenez-y tout
votre être. »

Khalil Gibran

PENSEZ AUX JUS DE FRUITS FRAIS

De nombreux jus ont des vertus antistress. Qu'elles soient à base de carottes riches en vitamines ou de fraises, qui augmentent les endorphines, vous trouverez un large choix de recettes sur Internet. Pour plus de commodité, vous pouvez investir dans un extracteur de jus.

4

JUIN

☀ 5 h 50 ☀ 21 h 48

Fête des mères • Ste Clotilde

« On peut maintenant affirmer que des séries complexes de rythmes entremêlés dominent le comportement des individus. Ils constituent la clé de voûte des relations interpersonnelles entre époux, collègues ou organisations de types très divers. »

LA PLAYLIST DU BONHEUR

Certaines musiques nous apportent un regain d'énergie et de bonne humeur. Cela a un impact bénéfique sur l'organisme, dont la sécrétion de dopamine et la réduction de la pression artérielle. Chaque chanson peut renvoyer à un souvenir, et ainsi nous replonger dans un univers agréable. C'est pourquoi il est conseillé d'élaborer sa propre playlist.

5
JUIN
5h49 21h49
St Igor

« Tout phénomène est,
au début, en germe puis
finit par devenir une réalité
tangible. Le sage a grand
soin de s'occuper
des germes. »

HAN FEI ZI

L'IMPORTANCE D'UN BON OREILLER

Nombreux sont ceux qui pensent que dans la literie, le plus important, c'est le matelas. Mais il ne faut pas négliger d'avoir un bon oreiller qui vous évitera maux de crâne, courbatures, torticolis… Vos nuits seront plus douces, reposantes et donc réparatrices. Même s'il n'y a pas de position idéale de votre tête sur l'oreiller, mieux vaut éviter d'avoir le cou « cassé » afin de garder votre colonne vertébrale la plus droite possible.

« Le plus lourd
fardeau,
c'est d'exister
sans vivre. »

VICTOR HUGO

NE PAS S'ÉNERVER DANS LES BOUCHONS

Chaque matin, en vous rendant au travail, vous passez une heure à hurler et à pester contre les autres automobilistes dans les bouchons ? En plus du stress d'arriver en retard, vous vous créez inconsciemment un stress supplémentaire. Essayez de prévoir une super playlist ou un podcast à écouter… ou tout simplement cherchez un autre itinéraire sans bouchons, quitte à perdre dix minutes de plus.

7

JUIN

5h48 21h51

St Gilbert

« Ce que m'a appris
la philosophie ?
Être prêt à toute
éventualité. »

Diogène

OUI AU CAFÉ !

Selon une étude conduite par l'Institut national de la santé en Amérique, les personnes qui consomment quatre tasses de café par jour réduiraient les risques de dépression de 10 %. Cet effet sur le moral est dû aux antioxydants présents dans le café, expliquent les auteurs de cette étude.

8

JUIN

5h48 21h51

St Médard

« Ceux qui prétendent détenir la vérité sont ceux qui ont abandonné la poursuite du chemin vers elle. La vérité ne se possède pas, elle se cherche. »

Albert Jacquard

PRÉVOIR LES REPAS

L'angoisse du « qu'est-ce qu'on mange ce soir ? », vous connaissez ? Alors pendant les week-ends, prenez un moment pour prévoir vos repas de la semaine. Savoir d'avance ce que vous allez préparer vous fera gagner du temps et vous évitera des tracas. Si vous aimez cuisiner, pourquoi ne pas préparer certains bons petits plats le dimanche, que vous congelez pour les soirs où vous n'aurez pas le temps ?

9

JUIN

5 h 48 21 h 52

Ste Diane

« L'homme n'est vraiment l'homme que quand il joue. »

Friedrich von Schiller

LA TECHNIQUE DE LA PAUSE

Dans l'éducation des enfants, la pause peut s'apparenter à la punition mais en plus positif. Lors d'une crise ou d'une bêtise, elle vous donne du temps pour vous calmer, et votre enfant aussi. C'est aussi une marge de manœuvre pour statuer sur la façon de régler la situation. Vous parlez à votre enfant après avoir retrouvé votre calme et repris le contrôle de la situation, vous lui expliquez ce qui ne va pas tout en évitant de dire des choses que vous regretteriez ensuite.

« Grand est celui
qui n'a pas perdu son cœur
d'enfant. »

MENGZI

LE CIEL ET LA TERRE COMMUNIQUENT

Cette posture de Qi Gong a pour objectif de faire le plein d'énergie en début de journée. Debout, pieds parallèles écartés de la largeur des épaules, les bras sont le long du corps. Pendant l'inspiration, vos mains s'orientent vers l'extérieur et vos bras montent vers le ciel, les coudes relâchés. Une fois vos bras à la verticale, vos mains s'orientent vers l'intérieur.
Pendant l'expiration, vos bras redescendent devant le corps et retrouvent leur position initiale.
À réaliser entre 6 et 9 fois consécutives.

*« Le doute
est le commencement
de la sagesse. »*

Aristote

PROMETTRE MOINS, PRODUIRE PLUS

Promettez moins que ce que vous pensez pouvoir faire.
Annoncez une date plus éloignée que celle à laquelle vous pensez pouvoir rendre un travail.
Vous conservez ainsi une marge de sécurité.
Au mieux, on sera ravi que vous fassiez mieux, plus ou plus vite. Au pire, vous ferez « juste » ce pour quoi vous vous êtes engagé.

12
JUIN
5h47 21h54
St Guy

« Peu importe
ce qu'on pourra vous dire,
les mots et les idées peuvent
changer le monde. »

Peter Weir

LE CORNICHON, BON POUR LE MORAL

Les aliments fermentés permettent au corps de produire des vitamines qui vont stimuler la bonne humeur. Et parmi eux, le cornichon ! Il agit sur votre intestin, en lui faisant fabriquer de la sérotonine, qui, elle, remontera ensuite au cerveau.

13

JUIN

5h47 21h55

St Antoine de Padoue

*« Celui qui vit
en harmonie avec lui-même
vit en harmonie avec
le monde. »*

Marc Aurèle

JOUISSEZ !

Eh oui, le sexe est un très bon facteur de zenitude. Malheureusement dans nos vies hyperactives, on a tendance à reléguer au second plan cette agréable activité. Qui plus est, le stress a tendance à tuer la libido. D'où une sexualité qui s'étiole de plus en plus et un stress qui grimpe en proportion. Un véritable cercle vicieux ! Alors on mise sur le sexe antistress.

« Si tu ne crois pas à l'âme,
il te faut quand même
admettre que ton corps
continuera à vivre en tant
qu'herbe et nuage.
Qu'es-tu d'ailleurs,
sinon herbe et poussière ? »

Janusz Korczak

APPRENDRE LA CONSOMMATION CONSCIENTE

Tout ce qui entre dans votre corps via les cinq sens est à questionner : les conversations que vous avez, les émissions que vous regardez, les livres que vous lisez, ainsi que les substances que vous introduisez dans votre corps (les aliments, les boissons et toute forme de drogue). Si vous recherchez un changement profond, concentrez-vous sur ce que vous consommez. Il est relativement facile de changer des habitudes nocives. Privilégiez ce qui ajoute une vraie valeur à votre vie. Le reste a peu d'importance.

« La fatalité triomphe dès que l'on croit en elle. »

Simone de Beauvoir

CONSIDÉREZ CHAQUE JOUR COMME UN NOUVEAU JOUR

Chaque matin, prenez un temps pour vous imprégner de votre état de calme au réveil. Cet état est le départ d'une nouvelle journée où tout est possible. Focalisez-vous sur ces premières pensées qui donneront le ton à votre journée.

16
JUIN

5 h 46 21 h 56

St Jean-François Régis

« La sagesse
est l'art de vivre. »

Cicéron

DÉVELOPPEZ DES RITUELS

Les moines zen ont des rituels pour pratiquement tout ce qu'ils font : manger, nettoyer, méditer, etc. Le rituel donne du sens à chaque chose. Et si une chose est assez importante pour avoir un rituel, elle l'est aussi pour être faite lentement et avec attention. Créez vos rituels pour la préparation des repas, pour le nettoyage, pour ce que vous faites avant de commencer votre journée, avant de vous coucher, etc.

17
JUIN

5h46 21h57

St Hervé

« Un homme doit choisir.
En cela réside sa force :
le pouvoir de ses
décisions. »

PAULO COELHO

TERMINEZ TOUT CE QUE VOUS COMMENCEZ

Le multitâche et la vitesse conduisent à laisser des choses à moitié finies. Certaines finissent par être reportées indéfiniment. Ce qui nous donne ce sentiment de ne pas avoir de temps pour quoi que ce soit, nourrissant inquiétude et angoisse. Alors dans la mesure du possible, avant d'entamer une nouvelle tâche, terminez-en une autre. C'est très satisfaisant !

18
JUIN

5h46 21h57

Fête des pères • St Léonce

« Les idées reçues sont des maladies contagieuses. »

Esther Rochan

CHAMBRE FENG SHUI

Les plantes vertes ne sont pas les bienvenues dans les chambres car elles représentent le yang et sont donc stimulantes. Ne pas y mettre un miroir car il renvoie au corps les éléments nocifs qu'il vient de rejeter. Idem pour la télévision. La nuit, il est même conseillé de les recouvrir. Les poutres apparentes sont également déconseillées dans une chambre puisqu'elles empêchent la bonne circulation du ch'i et peuvent créer une division dans le couple.

19
JUIN

5h47 21h57

St Romuald

« Voici la clé : aucun jugement de valeur. »

SVÂMI PRAJNÂNPAD

LE YOGA DU VISAGE

Le yoga permet une relaxation profonde du visage, du cou et de la tête. Les différents exercices, rythmés par la respiration, font travailler les muscles de manière excentrique, c'est-à-dire en allongeant les muscles à chaque extrémité. Le yoga facial aide à reconnecter le visage au reste du corps, permettant de sentir les échanges qui se font entre la tête et le corps. Cerise sur le gâteau : en tonifiant la peau du visage, il réduit les rides.

20

JUIN

5 h 47 21 h 57

St Silvère

« Chacun,
parce qu'il pense,
est seul responsable
de la sagesse ou de la folie
de sa vie, c'est-à-dire
de sa destinée. »

PLATON

LA MUSICOTHÉRAPIE

Les musiques de détente composées par des musicothérapeutes mêlent les instruments aux sons naturels afin de procurer un véritable bien-être, une flânerie environnementale et musicale. Ces associations inédites sont un bon moyen de faire un break. Les sons graves, qui résonnent longtemps, favorisent une décontraction musculaire, alors que les clochettes et les flûtes, plus aériennes, libèrent l'esprit et aident à relativiser.

21

JUIN

5 h 47 — 21 h 58

Été • St Gonzague

« Prendre pour permanent
ce qui est transitoire
est illusion de fou. »

Kalou Rinpoché

FAITES-VOUS UN SAUNA

Coutume finlandaise depuis plus de 2 000 ans, le sauna est une tradition sociale et familiale au pays des lacs glacés et des forêts bleues. Il se pratique régulièrement et procure à ses utilisateurs de nombreux bienfaits : il calme les nerfs, aide à chasser le stress et élimine les tensions musculaires. Facteur de relaxation, il évacue la fatigue et redonne joie de vivre et tonus grâce à son action sédative.

22

JUIN

5 h 47 21 h 58

St Alban

« L'homme ordinaire
est exigeant avec les autres.
L'homme exceptionnel
est exigeant avec
lui-même. »

MARC AURÈLE

UN CLASSEUR POUR BOOSTER SON MORAL

Imprimez et stockez dans un classeur les e-mails où l'on vous complimente sur votre travail, les commentaires sympas sous vos photos Facebook ou recopiez les sms mignons de vos potes. Vous avez un coup de déprime ? Ouvrez le classeur. Il y a des moments où on a tous besoin d'entendre des compliments.

23
JUIN

5 h 47 21 h 58

Ste Audrey

« Il faudra bien un jour arrêter de confondre ce qui se vend et ce qui est bien. »

Bob Dylan

FUYEZ LES PERSONNES COLÉRIQUES

La colère est l'un des sept péchés capitaux et ce n'est pas un hasard ! C'est un problème grave et lorsqu'elle se déclenche, les personnes qui y sont sujettes détruisent tout sur leur passage. C'est un comportement toxique dont il faut savoir s'éloigner.

24

JUIN

5 h 48 21 h 58

Fête nationale québécoise
St Jean-Baptiste

*« Cette roue sur laquelle
nous tournons est pareille
à une lanterne magique.
Le soleil est la lampe ;
le monde, l'écran.
Nous sommes les images
qui passent. »*

Omar Khayyam

L'HUMOUR POUR FAIRE PASSER DES MESSAGES

Lorsqu'on le maîtrise, quoi de plus efficace que l'humour pour faire passer un message. Que ce soit avec son conjoint ou avec des collègues, il permet de vous soulager de ce que vous avez à dire tout en faisant passer un message, sans crisper la personne en face. À la place de « tu as encore laissé traîner tes chaussettes », mieux vaut dire « je crois que tes chaussettes se sont échappées du bac à linge ! »

25
JUIN
5h48 21h58
St Prosper

« Ce qui embellit
le désert, c'est qu'il cache
un puits quelque part. »

Antoine de Saint-Exupéry

CÉLÉBREZ L'ÉPHÉMÈRE ET ACCEPTEZ L'IDÉE QUE RIEN N'EST ÉTERNEL

Prenez exemple sur les mandalas de sable des moines et dessinez à la craie sur votre balcon, faites un château de sable ou encore imaginez des monstres dans les nuages. Petit bonus, ces activités régressives sont très bonnes pour le moral.

26
JUIN

5 h 48 21 h 58

St Anthelme

« Ignorant d'où je viens,
incertain où je vais. »

ALPHONSE DE LAMARTINE

TENEZ-VOUS DROIT !

En plus de soulager vos maux de dos, vous verrez que travailler sur votre posture vous aide à mieux respirer, ainsi qu'à mieux digérer. En plus de gagner en zenitude, c'est meilleur pour le moral. En effet, il est prouvé que, pour avoir confiance en soi, il faut se tenir droit, la poitrine légèrement en avant et les épaules en arrière.

27
JUIN
5h49 21h58
St Fernand

« Dans la communication,
le plus compliqué
n'est ni le message
ni la technique mais
le récepteur. »

Dominique Wolton

COMME UN POISSON DANS L'EAU

L'eau procure une sensation de bien-être. Vous êtes plus léger, vos muscles se détendent, votre cerveau aussi. Vous flottez naturellement, l'eau glisse sur vous, c'est rafraîchissant et désaltérant : voilà des sensations uniques pour booster le moral.

28
JUIN
5 h 49 21 h 58
St Irénée

*« Goûtons la vie.
Nous aurons beaucoup
vécu si nous avons
beaucoup senti. »*

ANATOLE FRANCE

L'ESTIME DE SOI

Plus vous vous rapprocherez de qui vous êtes, plus vous deviendrez zen car en accord avec vous-même. C'est le désaccord avec soi qui provoque des tas de désagréments dans la vie et empêche d'être zen. Une bonne estime de soi passe par se respecter et donc prendre soin de soi. Ce qui veut dire prendre du temps pour soi, pour faire ce qu'on aime, pour nourrir son Moi intérieur.

29

JUIN

☀ 5 h 50 ☁ 21 h 58

St Pierre, St Paul

« Il y a ce qui nous tourmente plus qu'il n'est nécessaire, ce qui nous tourmente avant qu'il soit nécessaire, ce qui nous tourmente alors que ce n'est absolument pas nécessaire. Notre douleur, nous l'augmentons, nous l'anticipons, nous l'inventons. »

SÉNÈQUE

ON S'EN FROTTE LES MAINS

Essayez ce petit exercice de frottement des mains pour vous détendre. Inspirez profondément et bloquez la respiration. Frottez ensuite les paumes de vos mains l'une avec l'autre. Placez vos mains sur votre visage et expirez par le nez pendant 5 secondes. La chaleur des mains permet de se recentrer sur soi-même.

30
JUIN

5 h 50 21 h 58

St Martial

« Ayant bu des mers entières,
nous restons tout étonnés
que nos lèvres soient encore aussi
sèches que des plages, et toujours
cherchons la mer pour les y
tremper sans voir que nos lèvres
sont les plages et que nous
sommes la mer… »

Attâr

VARIEZ LES PLAISIRS !

Essayez de varier votre travail en alternant des tâches complexes avec d'autres exigeant moins d'efforts d'adaptation et de concentration.

1er
JUILLET
5 h 51 21 h 58
Fête nationale canadienne
St Thierry

*« La magie est un pont.
Un pont qui te permet
d'aller du monde visible
vers l'invisible.
Et d'apprendre les leçons
des deux mondes. »*

Paulo Coelho

SOYEZ HONNÊTE

Le plus souvent possible, dites ce que vous pensez. Garder pour soi ce que l'on ressent, c'est le meilleur moyen de ruminer et de générer du stress inutile. Mais faites-le avec calme et politesse, ce sera toujours mieux accueilli.

2

JUILLET

5h52 21h57

St Martinien

« Tout dialogue est bilingue. »

RAIMON PANIKKAR

LA POSTURE DE L'ENFANT

Cette asana, appelée aussi Balasana, est un « repli sur soi-même ». Cette posture de yoga est idéale pour calmer le cerveau et aider à soulager le stress et la fatigue. Le regard est tourné vers le cœur, ce qui invite à rentrer en soi afin d'observer quelles sont les sensations et les émotions qui émergent. C'est une position dite d'introspection.

3

JUILLET

☀ 5 h 52 ☀ 21 h 57

St Thomas

« Se demander sérieusement tous les soirs ce que le jour nous a fait apprendre de neuf. »

GEORG CHRISTOPH LICHTENBERG

UNE SPIRALE FENG SHUI

La fonction d'une spirale ADN est de nous inciter au réalisme quant à notre condition de mortel, sa double hélice étant une image du principe de vie. Elle dégage une vibration extraordinaire. Elle produit une onde verticale, lien entre le cosmos et la terre. Installée dans votre maison, la spirale ADN activera et harmonisera l'énergie dans les zones « sombres ». Elle a une fonction stabilisante et énergisante.

4

JUILLET

5 h 53 21 h 57

St Florent

« Le temps dira tout
à la postérité.
C'est un bavard ;
il parle quand on
ne l'interroge pas. »

Euripide

EXPRIMEZ-VOUS AVEC TACT

Le meilleur moyen de maintenir votre zen attitude, c'est de ne pas la mettre en danger en déclenchant la colère chez les autres. Modérez donc votre expression. Évitez par exemple : « Tu es têtu(e), tu es trop perfectionniste, tu m'énerves. » Dites plutôt : « Tu tiens beaucoup à tes idées, tu accordes une grande importance aux détails, pourrait-on en parler à un moment où je serais plus disponible ? » Et oubliez : « C'est nul, tu ne comprends rien. »

5

JUILLET

5 h 54 21 h 56

St Antoine

« Vivre,
c'est changer du temps
en expérience. »

Caleb Gattegno

LE BUT DE VOTRE JOURNÉE

Votre PIT, Plus Importante Tâche, est la tâche que vous voulez ou avez le plus besoin de finir aujourd'hui. Vous pouvez en avoir plusieurs mais l'une d'entre elles doit toujours être étroitement liée à l'un de vos objectifs à long terme. Et cela fait toute la différence : tous les jours, vous accomplissez quelque chose pour réaliser vos rêves.

6
JUILLET
5h54 21h56
Ste Mariette

*« Pour être aimé,
il faut aimer, il faut être
bienfaisant, il faut donner
de bonnes paroles et encore
de meilleurs effets.
La courtoisie est la magie
politique des grands
personnages. »*

BALTASAR GRACIÁN Y MORALES

DORMIR AU BON ENDROIT

Votre lit doit être placé contre un mur, jamais sous une fenêtre ni sous une poutre. Accrochez des rideaux à vos fenêtres et disposez votre lit de façon à voir la porte d'entrée sans être juste en face. Dans le Feng Shui, on dit qu'il faut dormir la tête vers le nord mais certains affirment que dormir vers l'est apporte plus d'énergie, au réveil. L'essentiel étant de placer votre lit à l'endroit où vous vous sentez le mieux.

« Avance,
et tu seras libre. »

Hassan Massoudy

EXERCICE DE VISUALISATION : LA LUMIÈRE BLANCHE

Au moment du coucher, allongez-vous, respirez profondément et visualisez une belle lumière blanche qui vous entoure d'un halo bienfaisant. Imaginez cette lumière s'écouler par le sommet de votre tête, vous enveloppant de douceur et de bien-être. Sentez-la descendre le long de votre colonne vertébrale et se prolonger jusqu'au bout de vos pieds en vous connectant à la terre. Lorsque vous vous sentez détendu, paisible, vous pouvez laisser la lumière s'estomper jusqu'à disparaître et vous endormir serein.

8

JUILLET

5 h 56 · 21 h 55

St Thibault

« Il faut aller
de pensée en non-pensée
et de non-pensée
en pensée. »

Taisen Deshimaru

PLONGEZ VERS LA RELAXATION

La thermothérapie repose sur un rituel de détente alternant le chaud et le froid, suivi d'une période de relaxation intense. Ses bienfaits sont nombreux, à la fois immédiats et prolongés dans le temps. Elle permet de diminuer le stress et de raviver le corps et l'esprit. Praticable toute l'année, l'expérience thermale contribue notamment à éliminer les toxines, à relaxer la musculature, à améliorer la qualité du sommeil et à fortifier le système immunitaire.

9

JUILLET

5h57 21h54

Ste Amandine

« Chaque âge, chaque état de la vie a sa perfection convenable, sa sorte de maturité qui lui est propre. »

Jean-Jacques Rousseau

RÉCITEZ VOS TABLES DE MULTIPLICATION

Dès que vous courez le risque de vous énerver, récitez vos tables de multiplication, mentalement ou à haute voix. Idéal pour se calmer, car il est très difficile de penser à autre chose en même temps ! Faites durer le jeu de cinq à dix minutes.

10
JUILLET
5 h 58 21 h 54
St Ulrich

« Il semble que d'aucuns traversent la vie avec pour tout sentiment d'identité un nom qu'ils n'ont pas choisi, un corps sur la création duquel ils n'ont exercé aucun contrôle et une situation qui, en règle générale, résulte de la nécessité matérielle, du conditionnement social et de hasard. »

Liz Greene

CRIEZ MOINS SOUVENT

Face à des enfants qui désobéissent, on se met facilement à crier. On crie et ils crient encore plus fort. Essayez de diminuer le volume de votre voix et de changer de registre. Baissez-vous pour être à la hauteur de votre enfant et regardez-le dans les yeux. Montrez-lui que vous ne plaisantez pas. Si vous criez pour obtenir ce que vous voulez, votre enfant vous imitera. Si vous savez rester calme, votre enfant apprendra, lui aussi, à se comporter calmement. Et vous diminuerez ainsi le stress de toute la famille.

11

JUILLET

5h59 21h53

St Benoît, Ste Olga

« Le fait d'être habité
par une nostalgie
incompréhensible serait
tout de même le signe
qu'il y a un ailleurs. »

EUGÈNE IONESCO

SE MASSER MUTUELLEMENT

Pensez-y ! Car, en plus d'être excellent pour la santé et de vous détendre, le massage favorise l'entente entre les partenaires. Rien de tel pour garder la complicité, et plus si affinités…

12
JUILLET
6 h 00 21 h 52
St Olivier

« Ce jour ne reviendra plus. Chaque jour est un joyau sans prix. »

TAKUAN SOHO

TUER LE BOUDDHA

« Si tu rencontres le Bouddha, tue le Bouddha ! » Cette exhortation bouddhiste signifie que nous ne devons pas nous accrocher à une croyance, fût-elle la plus sacrée. Pour le bouddhisme zen, seule l'expérience est source de connaissance, et non l'idée que nous nous faisons d'une situation ou d'une personne. « Tuer le Bouddha », en se défaisant de ses attentes et de ses préjugés, est le premier pas vers la liberté.

« Il n'y a personne
qui fasse un sacrifice
sans en espérer
une compensation.
Tout est une question
de marché. »

CESARE PAVESE

QUEL PIED !

Plusieurs équipes de recherche à travers le monde constatent que la réflexologie plantaire réduit le stress, l'anxiété et même certaines déprimes. Cette méthode de massage stimule des points réflexes situés au niveau de la voûte plantaire et des doigts de pied, correspondant chacun à un organe ou à une glande du corps, selon une cartographie établie par la médecine traditionnelle chinoise.

« Qui ne sait pas
se taire n'obtient point
d'ascendant. »

Joseph Joubert

RESTEZ CHEZ VOUS

Après le lagom suédois et le hygge danois, voici que les Écossais préconisent le còsagach. Derrière ces trois concepts quelque peu marketing, un vrai constat : il est bon d'être chez soi, installé bien au chaud sous un plaid, à cocooner. De vrais instants de bonheur.

15

JUILLET

☀ 6 h 03 ☀ 21 h 50

St Donald

« On a conscience avant, on prend conscience après. »

Oscar Wilde

LA JOCONDE ANTISTRESS

On connaissait déjà les pouvoirs antistress du coloriage et du dessin, mais selon plusieurs études, le simple fait d'être en présence d'une œuvre d'art augmenterait le débit sanguin dans le cerveau et la sécrétion de dopamine, comme lorsqu'on est amoureux. Alors foncez aux musées ou à défaut, consultez leur site internet. De nombreuses applications pour vous faire découvrir des œuvres sont aussi disponibles.

16
JUILLET

6h04 21h49

Notre-Dame du Mont Carmel

« La connaissance
est en elle-même
puissance. »

Francis Bacon

FATIGUE OCULAIRE

Les écrans fatiguent nos yeux tout au long de la journée. Voici un petit exercice de gymnastique oculaire à pratiquer, le temps d'une pause dans notre journée de travail : ouvrez les yeux et regardez au loin, puis activez les yeux en regardant en haut, en bas, puis à droite et à gauche une vingtaine de fois de chaque. Et enfin tournez les globes oculaires dix fois dans chaque sens.

17

JUILLET

6 h 05 21 h 48

Ste Charlotte

« Faire rêver les hommes
est souvent le moyen le plus
sûr de les tenir endormis
– précisément parce que
le rêve leur donne l'illusion
d'être éveillés. »

Gustave Thibon

L'EAU ET LE FEU S'HARMONISENT

Cette posture de Qi Gong lutte contre le stress, améliore les fonctions cardiovasculaires et la confiance en soi. Debout, pieds parallèles écartés de la largeur des épaules, les bras forment un cercle devant le nombril et les paumes de vos mains sont tournées vers le ciel. Pendant l'inspiration, relâchez votre bassin et levez simultanément vos mains vers votre poitrine. Pendant l'expiration, tournez les paumes de vos mains vers le sol, retrouvez lentement la position du bassin et redescendez vos mains au niveau de votre nombril. À réaliser entre 6 et 9 fois consécutives.

18
JUILLET
6h06 21h47
St Frédéric

« C'est une merveille d'ignorer l'avenir. »

Marguerite Duras

PRENEZ SOIN DE VOTRE MOITIÉ !

N'oubliez pas, c'est votre meilleur(e) allié(e), inutile de lui faire payer les remontrances que vous avez subies au travail… Vous allez dégrader vos relations et ne vous sentirez pas mieux pour autant !

19
JUILLET
6 h 07 21 h 46
St Arsène

« Au pays des fleurs,
plus on est petit,
plus on embaume. »

Alphonse Daudet

DES SÉANCES D'ACUPUNCTURE

Selon cette médecine chinoise énergétique, l'anxiété naît d'une situation vécue « mal transformée » par l'organisme qui génère des problèmes. La peur attaque l'énergie du rein, la colère, celle du foie, etc. L'aiguille régule l'énergie de méridiens, choisis selon la nature du problème, et aide à transformer psychologiquement et physiologiquement les blessures.

« Si tu veux être aimé,
aime. »

SÉNÈQUE

OSEZ DEMANDER UN SERVICE, DE L'AIDE

Ce n'est pas un aveu de faiblesse, au contraire c'est une force de connaître ses limites et de se tourner vers les autres. Et n'ayez pas peur d'être rejeté, la plupart des humains aiment rendre service et sont plutôt contents d'être sollicités.

21

JUILLET

☀ 6h09 ☀ 21h44

Fête nationale belge
St Daniel, St Victor

« La peur est insensée,
elle craint même les choses
dont elle attend
du secours. »

Quinte-Curce

FAITES LA PAIX AVEC VOTRE PASSÉ

Il arrive que les souvenirs soient parfois encombrants. Pour comprendre, mettre à jour et s'en délivrer, consulter un professionnel est parfois la bonne solution. Surtout si vos angoisses, ou un certain mal-être, deviennent un obstacle à votre bonheur. Faire la paix avec son passé est aussi un signe de maturité.

22
JUILLET
☀ 6h11 ☀ 21h43
Ste Marie-Madeleine

*« Le passé se nourrit
des minutes présentes. »*

SACHA GUITRY

IMPROVISEZ UN APÉRO AVEC DES AMIS

La journée a été rude ? Pourquoi ne pas passer un moment agréable en terrasse avec quelques amis pour décompresser ? En écoutant leurs histoires, vous relativiserez sans doute les vôtres et surtout vous passerez la soirée à rire, plutôt qu'à vous morfondre.

23
JUILLET
6h12 21h42
Ste Brigitte

« Quand les autres
me fatiguent,
c'est que je me lasse
de moi-même. »

Jules Renard

FAITES LE TRI DANS VOS CONTACTS

Et arrêtez de suivre des gens que vous n'aimez pas.
On l'a tous déjà fait pour se moquer mais,
sur le long terme, c'est malsain.
Vous n'aimeriez pas qu'ils fassent de même
avec vous, donc laissez ces gens en paix, et virez-les
de vos contacts Facebook, Twitter, Instagram…

24

JUILLET

6h13 21h40

Ste Christine

« Le sentiment de nos forces les augmente. »

VAUVENARGUES

RACONTEZ VOTRE VIE

Même s'il ne vous arrive pas grand-chose, profitez d'un repas entre amis, d'un thé avec des copines pour raconter votre vie. Bien sûr, ne monopolisez pas la conversation, mais participez-y. Riez de vos mésaventures, glissez des anecdotes, exprimez-vous. Partagez votre vie, ainsi vous vous ouvrez aux autres.

*« Peu importe
si le début paraît
petit. »*

HENRY DAVID THOREAU

INSTALLEZ-VOUS À LA TERRASSE D'UN CAFÉ

Faites une pause dans le rythme effréné de votre journée et prenez le temps de regarder les gens passer. Laissez votre esprit divaguer, c'est souvent dans ces moments que l'on trouve des réponses à nos problèmes.

26
JUILLET
6h15 21h38
Ste Anne, St Joachim

« C'est drôle le bonheur,
ça vient d'un seul coup,
comme la colère. »

Marguerite Duras

CHOISIR SES BATAILLES

Avec vos enfants, imposez des limites pour ce qui a réellement de l'importance pour vous et évitez de les noyer sous des « ne fais pas ci, ne fais pas ça ». Faites une distinction entre les principes sur lesquels vous ne transigez pas (le respect, le fait de taper, etc.) et les petites choses sans importance. Non seulement ils sauront mieux faire la différence entre ce qui est important et ce qui ne l'est pas, mais cela diminuera beaucoup vos énervements.

27
JUILLET
6h17 21h37
Ste Nathalie

« Le voyage spirituel consiste à revenir au commencement de nous-même, c'est-à-dire à l'expérience de l'Être. »

Richard Moss

LES CASSE-TÊTES CHINOIS

Ce sont de petits jeux qui demandent beaucoup de concentration. Ils consistent généralement en une forme géométrique en bois ou en métal (pyramide, cube, sphère) qu'il faut reconstituer à l'aide de petites pièces. Lorsque vous cherchez à résoudre un casse-tête chinois, vous devenez tellement occupé que vous faites petit à petit abstraction de tout le reste, y compris les tensions.

« Le hasard ne frappe jamais par hasard. »

Jacques Prévert

LES LECTEURS VIVENT PLUS LONGTEMPS ET PLUS HEUREUX

La lecture permet non seulement de s'évader, de s'épanouir en apprenant des choses nouvelles, mais elle est aussi bénéfique pour la santé. C'est par ailleurs un excellent remède à la dépression et aux insomnies.

29
JUILLET
6h19 21h34
Ste Marthe

« À mesure qu'on s'avance dans la vie, on s'aperçoit que le courage le plus rare est celui de penser. »

ANATOLE FRANCE

LA SALUTATION AU SOLEIL

Lorsque l'on est stressé, notre corps entier est tendu. Pour se relaxer, la fameuse salutation au soleil que l'on retrouve en préambule des cours de yoga est un exercice très efficace. Elle permet d'oxygéner au maximum le corps, de l'ouvrir et de se détendre très rapidement grâce à des postures toniques. À adopter au quotidien, de préférence le matin à jeun.

30

JUILLET

6h21 21h33

Ste Juliette

« Il faut tenir
pour maxime indubitable
que les difficultés que
nous avons avec notre
prochain viennent plutôt
de nos humeurs
que d'autre chose. »

SAINT VINCENT DE PAUL

SACHEZ FAIRE DES CHOIX

Pour gagner en sérénité, il faut apprendre à choisir. Non seulement son métier, le lieu où l'on habite, ses loisirs mais aussi sa manière de vivre et d'aimer, ainsi que les valeurs sur lesquelles on souhaite fonder sa vie.

31
JUILLET

6h22 21h31

St Ignace de Loyola

« Le bonheur
supprime
la vieillesse. »

Franz Kafka

MASSAGE DU LOBE DE L'OREILLE

Se masser le lobe de l'oreille permet de faire circuler l'énergie dans tout votre corps. Pincez le haut de votre lobe entre le pouce et l'index et tirez légèrement vers le bas, puis massez-le en formant des petits ronds. Vous améliorerez ainsi votre concentration et serez plus attentif à votre voix intérieure.

1er
AOÛT

6 h 23 21 h 30

Fête nationale suisse
St Alphonse

« Je vous souhaite
des rêves à n'en plus finir
et l'envie furieuse
d'en réaliser
quelques-uns. »

Jacques Brel

UNE PETITE SIESTE RÉPARATRICE

Prenez l'habitude de vous accorder une courte sieste de 15 à 20 minutes maximum, même au bureau si c'est possible. D'ailleurs, les employeurs commencent à en voir les bienfaits : des salariés plus détendus qui se concentrent plus facilement. Fermez les yeux, respirez calmement et surtout ne pensez à rien.

2
AOÛT

6h25 21h28

St Julien

*« L'art de vivre consiste
en un subtil mélange
entre lâcher prise
et tenir bon. »*

HENRY LEWIS

RANGEZ VOTRE BUREAU

C'est *a priori* au travail que vous passez le plus de temps, alors ne négligez pas votre bureau. Faire place nette de temps en temps permet d'y voir plus clair et de repartir d'un bon pied.

3

AOÛT

6 h 26 21 h 27

Ste Lydie

« La vie mettra des pierres
sur ton chemin.
À toi de décider si tu en fais
un mur ou un pont. »

Anonyme

NE COMPTEZ PAS LES MOUTONS

Si vous vous obsédez à vouloir dormir, vous allez créer l'effet inverse. Selon les spécialistes du sommeil, 90 % du temps passé au lit est dédié au sommeil. Si vous n'arrivez pas à vous endormir, sortez de votre lit et pratiquez une activité calme, comme la lecture, à distance de votre lit jusqu'au prochain train du sommeil.

« Il ne faut pas attendre
d'être parfait
pour commencer quelque
chose de bien. »

ABBÉ PIERRE

OPTEZ POUR LA PENSÉE POSITIVE !

Notre cerveau est le logis de 60 000 pensées par jour et celles que nous fabriquons sont en majorité négatives. Dès que l'une d'elles vient vous obséder, faites une action qui demande un maximum d'attention dans l'instant : préparer un repas, réparer une montre, paramétrer un téléphone… C'est une excellente façon de chasser une pensée négative : vivre l'instant présent.

5
AOÛT

☀ 6 h 29 ☀ 21 h 24

St Abel

« Je n'ai qu'une passion, celle de la lumière, au nom de l'humanité qui a tant souffert et qui a droit au bonheur. »

ÉMILE ZOLA

L'EFFET NOCEBO

On connaît bien l'effet placebo, mais son contraire existe. Des études ont montré que lorsqu'on disait aux patients qu'ils allaient souffrir, la plupart souffraient alors que le traitement était neutre. Ce qui prouve bien le pouvoir du psychisme sur notre bien-être, et tendrait à démontrer que pour aller mieux, il faut d'abord s'en persuader !

*« Le baiser frappe
comme la foudre,
l'amour passe comme
un orage, puis la vie, de
nouveau, se calme comme
le ciel, et recommence
ainsi qu'avant.
Se souvient-on
d'un nuage ? »*

Guy de Maupassant

ATTENTION AUX PROTÉINES LE SOIR !

Il est conseillé de réduire sa consommation de protéines au dîner, surtout pour les personnes insomniaques. Un repas trop riche en protéines augmente la production de dopamine, un neurotransmetteur à l'origine de l'excitabilité…

7
AOÛT
6 h 31 21 h 21
St Gaétan

« Le seul moyen
d'obliger les hommes
à dire du bien de nous,
c'est d'en faire. »

VOLTAIRE

SE SENTIR PLUS LÉGER

Le jeûne est controversé quant à son pouvoir amaigrissant. En revanche, de nombreuses personnes pratiquent cette abstinence de quelques jours (trois maximum) afin de créer un vide intérieur qui leur permet de repartir avec une énergie toute nouvelle. Attention tout de même, il est préférable d'en parler à votre médecin préalablement.

« J'ai décidé d'être heureux parce que c'est bon pour la santé. »

VOLTAIRE

MASSAGES ET ÉMOTIONS

Plusieurs études scientifiques ont montré que les massages réguliers sur une longue période modifiaient le fonctionnement de régions cérébrales qui régulent le traitement des émotions. L'association avec des huiles essentielles permet également de diminuer les problèmes d'attention.

9

AOÛT

6 h 34 21 h 17

St Amour

« La joie est en tout ;
il faut savoir l'extraire. »

Confucius

ACCEPTEZ LE MALHEUR

Il est parfois impossible de lutter contre les déceptions. Alors, si c'est impossible, le seul recours est de les accepter. Dites-vous que vous n'êtes pas coupable de ce qui se passe, que vous avez le droit d'être triste et de pleurer. Surtout, ne l'occultez pas.

10

AOÛT

6 h 36 21 h 16

St Laurent

« Tout homme bien portant peut se passer de manger pendant deux jours, de poésie, jamais. »

Charles Baudelaire

PENSEZ À LA SOPHROLOGIE

La sophrologie permet d'établir ou renforcer l'équilibre entre les émotions, les pensées et le corps pour améliorer la qualité de vie (gestion du stress, sommeil de qualité, gestion des émotions, confiance en soi...). Au son de la voix du praticien, on apprend à se détendre et à visualiser son corps dans son intégralité et dans ses moindres détails.

11
AOÛT
6h37 21h14
Ste Claire

« De temps en temps,
il faut se reposer
de ne rien faire. »

Jean Cocteau

AIDE HOMÉOPATHIQUE

Vous avez travaillé sur cette présentation ou ce rendez-vous depuis des semaines et vous êtes fin prêt. Mais le jour J vous êtes paralysé par le trac ! Si vous vous savez être rongé par ce mal et perdez tous vos moyens dans ces cas-là, prenez, une semaine avant l'échéance, une dose de Gelsemium 15 CH.

12

AOÛT

☀ 6 h 38 ☀ 21 h 12

Ste Clarisse

« Il n'y a rien
de plus fort au monde
que la douceur. »

Han Suyin

SOIN ÉNERGÉTIQUE

Corps et esprit sont indissociables et les optimistes sont toujours en meilleure santé que les autres. Le shiatsu l'a bien compris ; ce soin énergétique japonais rééquilibre les énergies du corps par pression des mains sur les méridiens d'acupuncture. Cette discipline influe tant au niveau psychique, que physique et émotionnel.

13

AOÛT

6 h 40 21 h 10

St Hippolyte

« Mes goûts sont simples : je suis facilement satisfait par ce qu'il y a de meilleur ! »

WINSTON CHURCHILL

LE CALME INCITE AU CALME

Quand vous entrez dans une bibliothèque ou un théâtre, il ne vous viendrait pas à l'idée de crier. Il en va de même avec les gens : si vous êtes calme et serein, il y a peu de chance que les autres autour de vous vocifèrent sans cesse. Calme en toutes circonstances, vous serez la source d'apaisement de votre entourage.

14

AOÛT

6h41 21h09

St Évrard

*« Même dans
une poubelle, une rose
reste une rose. »*

Jean Chalon

LA BONNE COULEUR AU BON ENDROIT

La couleur peut agir sur votre bien-être. La couleur pourpre/mauve induit le calme et la spiritualité (à favoriser dans une chambre).
Le bleu clair : la sérénité et le lâcher-prise (surtout pas dans un bureau).
L'orange favorise la communication.
Le rouge favorise la concentration (en touche dans un bureau).
Le blanc et le gris sont des couleurs neutres et peu stimulantes.

15
AOÛT
6 h 43 21 h 07
Assomption • Ste Marie

« Lire un livre sous
un arbre en double le plaisir.
On ne sait plus si on tourne
les pages ou si on feuillette
l'arbre. »

JEAN CHALON

UN PEU DE PATIENCE !

Un rien vous énerve alors que parfois il est facile de faire redescendre la pression.
Le dentiste a beaucoup de retard, profitez-en pour regarder les magazines. La caissière discute avec une cliente alors que vous êtes la sixième personne dans la file, consultez vos e-mails sur votre téléphone… c'est toujours ça de gagné !

16
AOÛT
6h44 21h05
St Armel

« Jamais le sage ne se met en colère. »

CICÉRON

INSPIRATION ANIMALE

Imitez le chat en vous étirant, ouvrez grand la mâchoire comme un félin pour remuscler votre visage. Observez les animaux ; leurs mouvements sont souvent dictés par leur bien-être.

17
AOÛT
6h45 21h03
Ste Jeanne

*« La vraie paresse,
c'est de se lever à six heures
du matin pour avoir
plus longtemps
à ne rien faire. »*

Tristan Bernard

MARCHEZ DANS L'EAU DE MER

L'eau de mer a la même constitution que le plasma sanguin, avec 104 vitamines et oligo-éléments. Si vous marchez au moins 20 minutes dans la mer, tous ces éléments pénètrent votre peau pour vous ressourcer. À faire systématiquement à chaque séjour balnéaire.

18
AOÛT
6h47 21h01
Ste Hélène

« J'ai décidé d'opter
pour l'amour.
La haine est un fardeau
trop lourd à porter. »

MARTIN LUTHER KING

LA VITAMINE B ET LE MAGNÉSIUM POUR ENSOLEILLER VOS PENSÉES !

Consommez ces aliments vedettes, riches en vitamine B : le poisson, le germe de blé, le sésame, les céréales complètes, les pommes de terre, les crucifères (chou, navet, radis…) et les fruits.
Profitez aussi des aliments antistress qui contiennent du magnésium : les oléagineux (amandes, châtaignes, légumes verts, céréales, dattes, bananes) avec une palme pour les amandes !

« Quelle musique,
le silence ! »

Jean Anouilh

QUELLE EST VOTRE PASSION ?

Que ce soit la collection de timbres, de cartes postales ou la fabrication de maquettes en allumettes, les passions existent pour être vécues… Ne cherchez pas à savoir pourquoi cela vous attire, vivez cette passion à fond. C'est souvent l'occasion de vous recentrer sur vous-même en faisant abstraction des soucis du quotidien.

20
AOÛT
6 h 50 20 h 58
St Bernard

« La vertu ne va jamais seule ; elle attire toujours des imitateurs. »

Confucius

SIGNES AVANT-COUREURS DU BURN OUT

Apprenez à déceler les signes qui risquent de vous précipiter dans la dépression. Si vous partez au bureau avec la boule au ventre, si vous avez l'impression soudaine que vos supérieurs ne reconnaissent pas votre valeur, si vous rentrez épuisé et pourtant n'arrivez pas à trouver le sommeil… Consultez votre médecin et faites le point avec lui.

21
AOÛT

6h51 20h56

St Christophe

« L'oiseau a son nid,
l'araignée sa toile,
et l'homme l'amitié. »

WILLIAM BLAKE

ÉLIMINEZ LES BLOCAGES

Le cerveau, en cas de blocage psychologique, entraîne un mouvement réflexe de contraction des tendons. Par simple étirement des tendons d'Achille, on peut remédier à cet état. Placez-vous face à un mur, un peu plus loin que la longueur de vos bras, appuyez vos mains au mur et étirez vos jambes, l'une après l'autre.

*« Mon corps
est un jardin,
ma volonté est
son jardinier. »*

William Shakespeare

BONNE POSTURE, BON MORAL !

Les scientifiques se sont penchés sur l'influence de la posture sur notre moral et, contre toute attente, notre posture influence notre moral et notre moral influence notre posture. Redressez-vous, levez la tête, soyez fier de vous, le chemin de la vie sera plus agréable.

23
AOÛT

6 h 54 20 h 52

Ste Rose

« La chance sourit aux audacieux. »

Virgile

NETTOYEZ LA MAISON

« Je n'aime pas faire le ménage, mais quand c'est fait… je me sens bien ! » C'est ce que disent la majorité des Français. Pour rendre cette corvée plus joyeuse, faites-le en musique, chronométrez-vous, déléguez, et utilisez des produits inoffensifs pour votre santé : vinaigre blanc, bicarbonate de soude, huiles essentielles.

24
AOÛT

6 h 55 20 h 50

St Barthélemy

« Faire rire,
c’est faire oublier.
Quel bienfaiteur sur la terre,
qu’un distributeur
d’oubli ! »

Victor Hugo

APPRENEZ À NE RIEN FAIRE

Plus facile à dire qu'à faire, on vous l'accorde. Commencez par laisser des plages horaires libres dans votre agenda certains jours de la semaine. Puis essayez de ne rien prévoir certains week-ends. Cela vous reposera et développera votre créativité en laissant la place à l'inattendu.

25
AOÛT

6h57 20h48

St Louis

« Le plus grand secret du bonheur, c'est d'être bien avec soi. »

Fontenelle

APPRENEZ À DIRE NON ET À DÉLÉGUER AU TRAVAIL

N'hésitez pas à dire non à votre patron ou à votre collègue, lorsque vous avez déjà trop de travail. Posez des limites en connaissant les vôtres fera de vous un meilleur employé. Et savoir déléguer est non seulement un gain de temps mais une qualité indéniable chez un bon manager.

26
AOÛT
6h58 20h46
Ste Natacha

« La joie de vivre n'est pas un but, c'est un devoir. »

Louis Pauwels

ACCEPTEZ LE MIROIR

D'après une étude américaine, et à l'inverse de ce que l'on pourrait croire, se regarder nu dans le miroir peut aider à combattre les complexes. D'après cette étude, une vue globale de notre corps permettrait de faire abstraction de nos petits défauts (réels ou imaginaires).

27

AOÛT

7h00 20h44

Ste Monique

*« Le plaisir se ramasse,
la joie se cueille
et le bonheur se cultive. »*

Bouddha

FORMULEZ LES CHOSES AUTREMENT

Remplacez « pourquoi » par « comment ». « Pourquoi », c'est le passé, « comment », c'est l'avenir. Remplacez « pourvu que » par « j'espère que » qui crée immédiatement de l'optimisme. Et dites « je vais dormir » plutôt que « je vais me coucher » !

28
AOÛT
7h01 20h42
St Augustin

« Veux-tu vivre heureux ?
Voyage avec deux sacs,
l'un pour donner,
l'autre pour recevoir. »

Johann Wolfgang von Goethe

JOURNÉE DÉTOX

Oubliez vos mauvaises habitudes
pendant 24 heures : pas de café, ni de thé, ni d'alcool,
pas de viande, pas de sucreries industrielles…
Faites une cure d'eau minérale, de légumes, de fruits
et de graines germées. Remplacez votre pause cigarette
par une petite balade. Écoutez votre corps et non
vos envies. Prenez soin de votre organisme,
vous vous sentirez bien plus léger.

« La paix n'est pas
le contraire de la guerre
mais de la peur. »

Jacqueline Kelen

À LA RECHERCHE DES ÉMOTIONS REFOULÉES

Écrire de la main gauche permet de faire ressortir des ressentis enfouis mais très importants pour l'équilibre de l'esprit. Tout d'abord, c'est une réelle détente qui apprend la patience. (À condition de le vouloir vraiment et d'avoir du temps devant soi.) Par sa délicatesse, cet exercice nous replonge dans les souvenirs de notre enfance, nous rappelle cette étape fragile et émouvante qui est l'apprentissage de l'écriture. Du coup, des émotions très lointaines, rangées dans notre inconscient, remontent à la surface. Un véritable travail psychologique, mais amusant !

30
AOÛT

7 h 04 20 h 38

St Fiacre

*« Il est toujours possible
d'unir les uns aux autres,
par les liens de l'amour,
une plus grande masse
d'hommes, à la seule condition
qu'il en reste d'autres
en dehors d'elle pour
recevoir les coups. »*

Sigmund Freud

TISANE ZEN

Toujours pour aider votre organisme à mieux digérer, buvez une tisane à la camomille avant chaque repas. La camomille possède de nombreuses vertus : elle est antispasmodique, calmante, antalgique, antiseptique… que de bonheur !

31
AOÛT
7 h 05 20 h 36
St Aristide

« Où serait le mérite,
si les héros n'avaient
jamais peur ? »

ALPHONSE DAUDET

NON AUX FLEURS SÈCHES !

En Feng Shui, les fleurs sèches ne sont pas vivantes et donc remplies d'énergie stagnante. Elles ne sont pas du tout bénéfiques pour l'équilibre et apportent plus de poussière que de flux Qi ! Si vous n'êtes pas un inconditionnel des fleurs, accrochez au mur des tableaux floraux ou décorez votre maison avec des murs végétaux, véritables réservoirs de flux positif, écologiques, isolants, naturels et très tendance !

« Il y a de l'espoir
chez les hommes,
pas dans la société,
pas dans les systèmes,
pas dans les systèmes
religieux organisés,
mais dans vous
et dans moi. »

JIDDU KRISHNAMURTI

SE REPOSER, PAS SEULEMENT DORMIR

Rester la journée au lit ne garantit pas une forme olympique, au contraire ! Vous pouvez avoir l'impression d'être dans le brouillard, de ne pas avoir profité du soleil, de voir le week-end filer trop vite… Si vous vous êtes couché tôt, profitez de votre matin pour vous lever aux aurores, quitte à refaire une petite sieste (pas plus de 30 min) si vous avez présumé de vos forces.

2

SEPTEMBRE

7h08 20h32

Ste Ingrid

« Le bonheur,
ce n'est pas de rendre
heureux l'autre, c'est de
se rendre heureux soi-même
et d'offrir ce bonheur
à l'autre. »

SAGESSE POPULAIRE

LA MÉTHODE SCHULTZ EN 3 POINTS STEP 1 : METTEZ-VOUS EN CONDITION !

Le principe initié par Johannes Schultz est proche de l'hypnose. Ce médecin allemand préconise l'autosuggestion comme tremplin à la relaxation. Pour cela, installez-vous dans une chaise confortable, posez les mains sur vos cuisses, concentrez-vous sur votre respiration et ouvrez vos sens.

3
SEPTEMBRE
7 h 09 20 h 30
St Grégoire

« Le meilleur moyen
pour apprendre
à se connaître,
c'est de chercher
à comprendre
autrui. »

ANDRÉ GIDE

STEP 2 : HYPNOTISEZ-VOUS !

Votre force de persuasion est guidée par vos sensations : sentez-vous comme vos doigts pèsent sur vos cuisses ? Ils sont lourds, très lourds, ils s'enfoncent, ils vous tirent vers le sol… Remontez doucement vers vos mains, ce sont vos mains qui pèsent à présent. Petit à petit, visualisez le poids de vos bras, de vos épaules, puis repartez des orteils et remontez jusqu'à la tête.

« L'avenir,
tu n'as pas à le prévoir,
tu as à le permettre. »

Antoine de Saint-Exupéry

STEP 3 : VARIEZ LES PLAISIRS !

Vous avez compris le principe.
Alors, modifiez l'autosuggestion : ressentez la chaleur qui parcourt vos mains, vos bras, vos pieds, vos cuisses, votre bassin, votre dos, vos épaules, votre tête. Visualisez ensuite la fraîcheur sur chaque partie de votre corps, toujours dans le même ordre, pour mieux imprimer l'exercice et intensifier la relaxation à chaque méditation.

« La vérité,
ce n'est point
ce qui se démontre,
c'est ce qui simplifie. »

ANTOINE DE SAINT-EXUPÉRY

CHACUN GAGNE À ÊTRE CONNU

Nous côtoyons souvent des personnes sans vraiment les connaître. Dépassez vos craintes et discutez avec vos collègues de travail, vos commerçants de proximité, les parents qui attendent les enfants dans la même école que vous : demandez-leur où ils habitent, quels sont leurs loisirs, où ils vont en vacances… Intéressez-vous aux autres pour créer des liens et pour partager plus de sourires.

6

SEPTEMBRE

7 h 14 20 h 23

St Bertrand

« À propos de chaque
désir, il faut se poser
cette question : quel avantage
résultera-t-il
si je ne le satisfais pas ? »

ÉPICURE

SE DÉBARRASSER DU STRESS

Après une journée intense, il est parfois difficile d'évacuer les tensions accumulées. Voici une méthode efficace pour vous aider dans ce sens : avec votre pouce, massez l'intérieur de l'autre main en effectuant des cercles de plus en plus grands. Reproduisez le geste sur la seconde main. Si ça peut vous paraître trop simple au premier abord, vous verrez que parfois les techniques les plus basiques sont les plus efficientes !

« Le bonheur,
on ne le trouve pas,
on le fait. Le bonheur
ne dépend pas de ce qui nous
manque, mais de la façon
dont nous nous servons
de ce que nous possédons. »

Arnaud Desjardins

L'ART DU THÉ

Elle est pratiquée au Maghreb, au Moyen-Orient
ou en Asie. Au Japon, la cérémonie du thé se nomme
Cha No Yu, ou Gong Fu Cha en Chine.
Plus qu'une pause gourmande, c'est un véritable
rituel mystique qui peut durer jusqu'à 4 heures.
Des maîtres asiatiques proposent des ateliers
pour sensibiliser à l'art du thé en version simplifiée.
À vous la séréni-thé !

« Le repliement sur soi n'apporte aucune lumière aux autres. »

NELSON MANDELA

ALLEZ AU MARCHÉ

Oui c'est vrai, le supermarché le samedi matin c'est pratique, on trouve tout, on se débarrasse ainsi de la corvée hebdomadaire. Et si vous alliez plutôt au marché ? Vous régaler les yeux devant les étals, vous donner des idées de nouveaux plats en discutant avec les commerçants, acheter des fleurs, papoter avec les voisins et pourquoi pas déguster quelques huîtres chez le poissonnier. Bonne humeur garantie !

9

SEPTEMBRE

7h18 20h17

St Alain

« Il n'y a pas de méthode
pour se connaître.
Notre compréhension n'est pas
un résultat ; elle consiste
à se voir, d'instant en instant,
dans le miroir des rapports
que l'on entretient avec
les personnes, les choses,
les possessions, les idées. »

Jiddu Krishnamurti

RAVIVEZ VOTRE ÉNERGIE

Pour revigorer votre corps et votre esprit, adoptez la position de yoga dite du « vieux Shiva » : asseyez-vous, genoux repliés contre la poitrine, levez vos pieds, contractez les abdominaux, fermez les yeux et imaginez que l'énergie de votre corps se rassemble et tourbillonne dans votre corps : si vous commencez à avoir chaud, c'est que ça marche !

10

SEPTEMBRE

7h19 20h15

Ste Inès

*« Fais taire tes opinions,
tes sentiments, tes humeurs.
Efface ta personne.
Alors ton guide intérieur,
ne se causant plus aucun
trouble à lui-même, te
conduit à la chose essentielle
qui est en toi : l'impassible
nature universelle. »*

Lucrèce

BIEN MANGER POUR PRENDRE SOIN DE SON CERVEAU !

Il a été prouvé que les personnes mangeant équilibré sont plus calmes, plus concentrées et de meilleure humeur ! Bien manger influence le cerveau, qui va vous transmettre plus d'émotions positives !

11
SEPTEMBRE

7h21 20h13

St Adelphe

« Développe en toi
l'indépendance
à tout moment,
avec bienveillance,
simplicité
et modestie. »

Marc Aurèle

PRÉPARER SON THÉ DE GINSENG

Le thé de ginseng possède des propriétés exceptionnelles : il ralentit le vieillissement et développe l'endurance physique. De plus, il est très facile à préparer chez soi. Émincez 1,5 g de ginseng rouge ainsi qu'1,5 cm de gingembre. Accompagnez le tout de quelques dattes dont vous aurez ôté les noyaux et d'un litre d'eau froide. Attendez que l'eau bouille, puis baissez le feu. Laissez frémir pendant environ une heure et filtrez. Un régal pour la santé et les papilles !

12
SEPTEMBRE
7 h 22 20 h 11
St Apollinaire

« Les gens qui veulent suivre des règles m'amusent, car il n'y a dans la vie que de l'exceptionnel. »

Jules Renard

LA MAGIE DU SIXIÈME SENS

Si vous pensez à quelqu'un alors que vous ne l'avez pas vu récemment, décrochez votre portable et appelez-le. Si vous avez pensé à lui, ce n'est pas anodin. Si quelqu'un vous appelle ou sonne à votre porte, concentrez-vous pour essayer de deviner l'identité de cette personne. Vous serez étonné par le pouvoir de votre sixième sens.

13

SEPTEMBRE

7 h 24 20 h 09

St Aimé

« La manière
la plus profonde
de sentir quelque chose
est d'en souffrir. »

GUSTAVE FLAUBERT

NETTOYAGE EN PROFONDEUR

Vous lavez vos dents quotidiennement, mais pensez-vous à nettoyer votre langue ? C'est un des rituels de toilette yogique à ne pas négliger. Voici une astuce moins agressive que la brosse à dents : utilisez une petite cuillère, côté bombé vers le haut, et raclez la langue d'arrière en avant. Cela libère les papilles et favorise la salivation : vous retrouverez une bouche en pleine santé et profiterez de saveurs les plus subtiles.

« Ce n'est pas parce
que les choses sont difficiles
que nous n'osons
pas les faire. C'est parce que
nous n'osons pas les faire
qu'elles sont difficiles. »

Sénèque

SOULAGEMENT EXPRESS

Après une longue journée de trajet en train, en avion ou en voiture, pensez à dénouer les tensions dans votre cou : mettez deux balles de tennis dans une chaussette. Puis, en exerçant des va-et-vient, faites-les rouler sur votre cou, de gauche à droite, et inversement. Résultat ? Circulation sanguine favorisée et détente garantie !

15
SEPTEMBRE

7h26 20h04

St Roland

« Nous sommes sous le coup d'une accélération générale de tout ce que l'on voit et vit. Une tyrannie de la vitesse. »

Pascal Dibie

PROTÉGEZ-VOUS DU SOLEIL

Un joli bronzage, c'est sensuel…
Mais il ne cachera jamais les rides !
C'est pourquoi il ne faut pas abuser du soleil,
et ce dès les premiers rayons. Saviez-vous que
la majeure partie des rides du visage viennent
de l'abus de soleil ? Pensez aux lunettes de soleil
et à la crème solaire, même si le soleil
n'a pas l'air violent.

16
SEPTEMBRE

7 h 28 20 h 02

Ste Édith

« Le calme
est souvent précédé
par la tempête. »

Anonyme

LA MÉLODIE DU CŒUR

Si votre cerveau est en pleine agitation,
votre cœur ne peut être tranquille.
Il est temps de reconnecter vos énergies et d'instaurer
un rythme plus paisible pour votre organisme.
Commencez par respirer profondément et faites
une pause entre deux inspirations.
Visualisez les battements de votre cœur
dans votre poitrine et dans vos veines.
Concentrez-vous sur ce rythme et transformez
vos pensées en images mentales positives.

17

SEPTEMBRE

7h29 20h00

St Renaud

« Chagrin et joie dépendent plus de ce que nous sommes que de ce qui nous arrive. »

Multatuli

POUR DES JAMBES FERMES ET LÉGÈRES

Massez-les du bas vers le haut en exerçant de petites pressions afin de stimuler le retour veineux.

18
SEPTEMBRE
7 h 31 19 h 58
Ste Océane

*« La tristesse vient
de la solitude
du cœur. »*

Charles de Montesquieu

GAGNEZ EN PRESTANCE

Vous avez une demande importante à faire ? Testez un exercice recommandé par les acteurs de cinéma : montez sur la pointe des pieds et tenez le plus longtemps possible en descendant tout doucement. Cela vous oblige à maintenir physiquement votre vigilance. Prendre conscience de votre présence dans l'espace renforce votre maintien, éclaircit votre voix et vous rend plus sûr de vous.

19
SEPTEMBRE
7h32 19h56
Ste Émilie

*« La vie n'a pas de sens,
seule chaque vie individuelle
a un sens, donné par celui
qui vit cette vie.
L'individu trace son trait
et disparaît. »*

Alain Prochiantz

YOGA EXPRESS

Quelques minutes devant vous ? Faites une pause yoga : allongez-vous sur le dos, les jambes tendues et les bras écartés. Levez puis pliez une jambe et posez-la par-dessus l'autre. Toujours allongé, les bras le long du corps, faites balancer votre bassin vers l'arrière jusqu'à ce que vos pieds soient derrière votre tête. Enfin, en position assise, ramenez votre cheville sur une cuisse puis faites de même avec l'autre cheville, tout en restant droit comme un « i ».

« Il ne faut pas
avoir peur des vagues
qui agitent votre âme.
C'est ça, la vie. »

Hwang Sok-yong

VISITEZ UN MUSÉE UN PEU OUBLIÉ

Pas la peine d'aller toujours dans les grands musées aux expositions bondées.
Il y a partout des petits musées ravissants, depuis la maison natale d'un artiste jusqu'à la demeure inattendue d'un collectionneur fou, passionné.
On goûte au calme de la visite et on ressort ravi d'avoir appris des tas de choses et de s'être changé les idées.

21

SEPTEMBRE

7h35 19h52

St Matthieu

« Chaud, froid, c'est vous qui l'expérimentez. »

Taisen Deshimaru

UN MIX REVIGORANT

Épluchez 300 g de carottes, pressez un citron ainsi qu'une orange. Mélangez le tout à la centrifugeuse. Ce jus 100 % naturel contient toutes les ressources nécessaires pour votre énergie et votre beauté. Il contient, entre autres, les vitamines C, B1, B3, B6, magnésium, cuivre, zinc et manganèse, fer et calcium ! Aucune boisson énergétique industrielle ne vous fera cet effet !

22

SEPTEMBRE

7 h 36 19 h 49

St Maurice

« Deviens ce que tu es. »

Friedrich Nietzsche

LA FORCE DES ABRICOTS SECS

Consommez des abricots secs pour être en forme ! L'idée peut sembler saugrenue, mais ces fruits sont très riches en vitamines, minéraux et oligoéléments. Ils vous apporteront également une quantité incroyable de potassium. Ce dernier favorise l'élimination des toxines et aide à contrôler la pression artérielle. Il aide également à fortifier les os, régénérer les tissus et tonifier le système nerveux.

23

SEPTEMBRE

7 h 38 19 h 47

Automne • St Constant

« Tant que tu n'as pas trouvé la paix en toi, ne la cherche pas ailleurs. »

François de La Rochefoucauld

ÊTRE GÉNÉREUX, C'EST BON POUR LE MORAL

Être généreux rend heureux ! Ceci n'est pas un dicton mais une vérité : une étude a prouvé que les gens les plus épanouis sont ceux qui préfèrent dépenser leur argent pour les autres. Souvenez-vous aussi que le prix de ces cadeaux n'importe peu, l'important est de toujours faire plaisir.

« Puisque l'amour
est cause de la joie,
où l'amour est plus grand,
la joie est plus
manifeste. »

Saint Thomas d'Aquin

LA PREMIÈRE IMPRESSION

Si vous devez prendre une décision, fiez-vous à votre instinct ! Très souvent, l'esprit arrive à anticiper certaines situations. On dit toujours (et pas par hasard !) : « La première impression est souvent la bonne »... Apprenez donc à écouter ce que votre intuition vous dicte de faire.

25
SEPTEMBRE
7h41 19h43
St Hermann

« Élaborer sa personnalité
et devenir soi-même
est beaucoup plus qu'un
devoir psychologique,
c'est un besoin fondamental
qu'on ne renie pas sans
le payer cher. »

GUY CORNEAU

POUR UN SOMMEIL RÉPARATEUR

Le sommeil occupe environ un tiers de notre vie. Ainsi, il est important d'en faire un moment de bien-être et de détente ! Évitez tous les excitants avant de vous coucher. À placer dans cette catégorie, vous trouverez les boissons à base de caféine, la cigarette, le jus d'orange ou encore l'alcool.

26
SEPTEMBRE
7h42 19h41
St Côme, St Damien

*« Votre expérience du monde
est déterminée par la façon
dont vous le voyez,
ce qui explique pourquoi,
lorsque vous modifiez
votre perception de vous-même,
vous transformez aussi
le monde dans lequel
vous vivez. »*

Guy Finley

ON ARRÊTE LES CRITIQUES

Il est inutile de s'autocritiquer. (Ni de critiquer les autres !) Arrêtez de vous lamenter car les pensées négatives renforcent les frustrations, les doutes, le manque de confiance, et mènent à des échecs encore plus grands. Prenez enfin une bonne résolution et chassez toute pensée critique de votre esprit pendant quelques heures. Si, si, c'est possible ! Ensuite passez à une journée, deux, une semaine… Du coup la vie est plus belle, non ?

27

SEPTEMBRE

7 h 44 19 h 39

St Vincent de Paul

« Tout mouvement,
de quelque nature qu'il soit,
est créateur. »

Edgar Allan Poe

LE VENT DANS LES FEUILLES

Dès que vous croisez un arbre avec de longues feuilles, prenez cinq minutes pour vous asseoir et observez le vent qui les fait danser. Laissez-vous bercer par les mouvements et les sons produits. Un exercice tout bête qui vous procurera une relaxation extrême.

28
SEPTEMBRE

7 h 45 19 h 37

St Venceslas

« Chaque brin d'herbe a sa part de rosée. »

PROVERBE CHINOIS

UN SOMMEIL AYURVÉDIQUE

Vous rêvez d'un repos salutaire ?
Alors, essayez ces deux astuces ayurvédiques : coucher avant 22 h 30 et lever à 6 h ; une tisane de camomille ou de rose avant de dormir.
Accordez-vous ce temps, votre corps le mérite.

29
SEPTEMBRE

☀ 7 h 47 ☀ 19 h 35

St Gabriel, St Michel

« Nous croyons aimer
certains êtres et en haïr
d'autres. […] Si quelqu'un
est favorable à notre ego,
le comble de bien et le rend
heureux, nous disons que nous
l'aimons, et vice versa.
Or l'amour est universel
ou il n'est pas. »

JAMPA THARCHIN

TAIS-TOI, MENTAL !

Aujourd'hui, posez-vous un instant pour prendre conscience que vous n'êtes pas juste un mental, que le mental est le véhicule de votre conscience, pas la conscience même. Si vous restez bloqué dans le mental, vous restez dans un monde conditionné. Tandis qu'une fois libéré dans la conscience pure, vous serez affranchi. Respirez quelques émanations d'huile essentielle de rose, lentement, 3 ou 4 fois, et laissez cet instant fugace s'imprégner dans votre esprit et votre corps. Puis écoutez…
Votre mental se tait…

30
SEPTEMBRE
7h48 19h32
St Jérôme

« Créer le monde que
nous voulons est un mode
d'action bien plus subtil,
mais plus puissant
que détruire celui dont
nous ne voulons plus. »

Marianne Williamson

LE NUMÉRO QUE VOUS DEMANDEZ…

Il est important, même pour les accros au téléphone portable, de se libérer l'esprit de temps en temps et d'accepter de faire une pause technologique. Éteignez votre téléphone, votre ordinateur et écoutez le silence ou les oiseaux qui chantent. Juste un petit quart d'heure pour décompresser !

1er
OCTOBRE

7 h 49 19 h 30

Ste Thérèse de l'Enfant Jésus

« J'aime que le temps
nous porte,
et non qu'il nous
entraîne. »

MARGUERITE YOURCENAR

UN JOURNAL INTIME, VOUS N'Y PENSEZ PAS !

Appelez-le comme vous voulez,
écrivez-le où vous voulez, mais il est avéré
qu'écrire tout ce que l'on a sur le cœur
et qui nous passe par la tête nous libère
d'un poids souvent lourd à porter.
C'est le lieu idéal pour se livrer sans retenue,
l'endroit où l'on peut être soi,
et c'est déjà beaucoup.

2
OCTOBRE
7 h 51 19 h 28
St Léger

« On rêve trop souvent
les yeux fermés,
il faut plutôt rêver
les yeux ouverts. »

MIKE HORN

MAL À L'AISE

Nous ne sommes pas tous égaux
face à la gestion de nos émotions et certains
les laissent paraître plus facilement.
Si c'est votre cas, essayez de comprendre les raisons
de ce trouble et prenez de la distance vis-à-vis
de ces événements qui vous mettent
mal à l'aise.

3
OCTOBRE

7h52 19h26

St Gérard

« Chacun apprend très tôt dans sa vie
qu'il est plus facilement aimé
s'il se comporte d'une certaine manière.
Aussi commence-t-il à s'envelopper
d'une coquille. Cette coquille peut être
juste un rôle qu'il joue consciemment,
en sachant pertinemment – au moins
au fond de lui-même – que sa personne
est bien différente de ce rôle. Ou alors
cela peut devenir une coquille solide
ou une armure que lui-même considère
comme étant son Moi. »

Carl R. Rogers

PHOBIES ET COMPAGNIE

Agoraphobie, claustrophobie, arachnophobie… Il y en a pour toutes les peurs maladives. Avant de vous jeter dans une thérapie comportementale, essayez des méthodes douces comme la relaxation, l'autohypnose ou la projection mentale d'images apaisantes et positives.

4
OCTOBRE

7 h 54 19 h 24

St François d'Assise

« Là où sont posés mes pieds, je suis à ma place. »

SAGESSE AMÉRINDIENNE

ÉVÉNEMENTS TRAGIQUES

Les médias nous abreuvent d'images et d'informations toujours plus dramatiques et cela nous affecte incidemment. Prenons-en conscience et permettons-nous un jugement. Cette introspection permet de mettre en avant des pensées positives sur nos qualités parfois ignorées.

5
OCTOBRE
7h55 19h22
Ste Fleur

*« Très souvent, au cours
de notre existence,
nous voyons nos rêves déçus
et nos désirs frustrés,
mais il faut continuer
à rêver, sinon notre
âme meurt. »*

Paulo Coelho

RETRAITE DANS UN MONASTÈRE

Vous recherchez la quiétude et la sérénité ?
Pas besoin de gravir l'Everest,
nombreux sont les monastères qui acceptent
des résidents pour des séjours plus ou moins longs.
Ces quelques jours de silence et de méditation
peuvent vous permettre de faire le point
sur votre vie.

6
OCTOBRE

7 h 57 19 h 20

St Bruno

*« Il n'y a rien de bon
ni de mauvais sauf
ces deux choses :
la sagesse qui est un bien
et l'ignorance
qui est un mal. »*

Platon

FAIRE DES CHOIX

Pas assez de 24 heures pour tout faire ?
Alors à vos crayons ! Tracez une ligne verticale au milieu d'une page, à gauche les différentes tâches à accomplir, à droite, la priorité notée de 1 à 10. Puis, rayez toutes celles qui ont moins de la moyenne. On verra le reste demain.

7
OCTOBRE
7 h 58 19 h 18
St Serge

« Certains
se dirigent vers un but.
D'autres vont devant eux,
simplement. Pour moi,
je ne sais où je vais ;
mais j'avance. »

André Gide

ESPÉRANCE DE VIE

Les hommes vivent moins longtemps que les femmes. Des chercheurs se sont penchés sur la question : ils ont une moins bonne hygiène de vie que les femmes et sont plus touchés par les maladies cardiovasculaires. Ils préconisent que la gent masculine prenne plus soin d'elle et tout particulièrement apprenne à gérer le stress.

« Il est bien vrai
que les gens gagnent
à être connus.
Ils y gagnent
en mystère. »

Jean Paulhan

ICI ET MAINTENANT

C'est pénible d'affronter les regrets du passé
et les doutes de l'avenir. C'est un art bien agréable
que de profiter de l'instant présent.
Alors pourquoi choisir le plus douloureux ?
Vivre l'instant présent demande un peu de souplesse
afin d'obtenir un équilibre entre nos souhaits
et ce que nous offre la vie.
Mais le jeu en vaut la chandelle.

9
OCTOBRE

8h01 19h14

St Denis

« Il n'est point
de bonheur sans liberté,
ni de liberté
sans courage. »

PÉRICLÈS

EXPLOITER SES TALENTS

Cela peut paraître évident,
mais parfois nous n'osons pas prendre
une feuille pour dessiner alors qu'enfant
tout le monde nous félicitait pour notre coup
de crayon… Pourtant, cela fait un bien fou
de se connaître un talent, c'est épancuissant.
Alors à vos pinceaux, aiguilles
ou tournevis.

10
OCTOBRE

8h03 19h12

St Hugo

« C'est un bonheur d'aimer, c'en est un de le dire. »

MARCELINE DESBORDES-VALMORE

J'AI RAISON !

Personne n'en doute, mais ne vous épuisez pas inutilement à vouloir tenir tête trop longtemps à un détracteur. Peut-être est-il entêté (lui aussi !) et vous allez donc vous vider de votre énergie bien utile pour d'autres débats, sûrement plus constructifs.

11

OCTOBRE

8h04 19h10

St Firmin

« Personne ne peut
vous révéler plus
que ce qui repose déjà
dans l'aube
de vos connaissances. »

KHALIL GIBRAN

ANTI-FATIGUE EXPRESS

Pour vous donner un coup de fouet si vous n'avez pas le temps d'aller faire une bonne sieste réparatrice, gardez toujours dans votre tiroir de bureau de l'huile essentielle de menthe poivrée. Versez-en deux ou trois gouttes sur un mouchoir et inspirez profondément.

12

OCTOBRE

8h06 19h08

St Wilfried

« Voyant, enfant,
la lueur d'admiration,
d'enthousiasme
et d'amour dans l'œil de
nos proches, nous intégrons
progressivement
ce miroir positif et apprenons
à nous aimer. »

Guy Corneau

AMITIÉ, LA QUALITÉ PLUS QUE LA QUANTITÉ

Une étude menée par la célèbre université de Harvard sur plusieurs décennies a prouvé que la recette du bonheur passait forcément par une vie sociale épanouie. Les personnes qui étaient bien entourées et savaient éviter les relations toxiques étaient plus heureuses que les autres. Choisissez donc bien vos fréquentations.

13

OCTOBRE

8h07 19h06

St Géraud

« Celui qui dit
ce qu'il sait dit aussi
ce qu'il ignore. »

Francis Bacon

DÉSENCOMBREZ VOTRE MAISON

Le Feng Shui préconise de se séparer de ses objets abîmés ou cassés. Ouvrez votre buffet, combien de tasses ou d'assiettes ébréchées conservez-vous ? Combien de fois les avez-vous remises en dessous de la pile pour sortir les autres ? Alors, poubelle !

Les objets abîmés nous encombrent et grignotent notre énergie.

14

OCTOBRE

8h09 19h04

St Céleste

« L'âme cesse
d'être solitude
quand elle devient
sanctuaire. »

SAINT BERNARD DE CLAIRVAUX

UNE IRRÉSISTIBLE ENVIE…

Bien des addictions nous guettent,
certains souffrent d'insurmontables envies
de vêtements, de jeux de grattage…
Une technique simple est d'imaginer une immense
vague qui nous submerge puis disparaît,
suivie d'une autre, puis encore une autre.
Et ceci jusqu'à ce que l'envie ait disparu.
Ça ne coûte rien d'essayer !

15
OCTOBRE

8h10 19h02

Ste Thérèse d'Avila

« La difficulté n'est pas de comprendre les idées nouvelles, elle est d'échapper aux idées anciennes qui ont poussé leurs ramifications dans tous les recoins de l'esprit. »

John Maynard Keynes

BILAN DE COMPÉTENCES

Si vous vous ennuyez dans votre vie professionnelle, vous avez l'impression « d'avoir fait le tour », il est temps de prendre rendez-vous dans un centre spécialisé pour faire un bilan de compétences afin de mieux vous connaître et de peut-être trouver une nouvelle voie plus épanouissante.

16
OCTOBRE
8h12 19h00
Ste Edwige

« Aimer c'est l'art
d'être avec d'autres ;
méditer, c'est l'art d'être
en relation avec soi-même,
laissez l'amour et
la méditation être
vos deux ailes. »

Osho

AFFRONTEZ VOS DÉTRACTEURS

Parfois, il est nécessaire de faire face à ceux qui vous contredisent pour que les choses soient claires. Écoutez-les, remerciez-les de vous faire part de leur vision des choses et exprimez les vôtres afin de pouvoir argumenter dans le calme votre position. Ce sera toujours plus constructif que de rentrer dans une guerre froide.

17

OCTOBRE

8h13 18h58

St Baudouin

« Le bonheur
est un rêve d'enfant
réalisé dans l'âge
adulte. »

Sigmund Freud

LA MUSIQUE ADOUCIT LES MŒURS

Quand vos idées se bousculent,
que la vie va trop vite, asseyez-vous au calme,
préparez-vous une tisane
et écoutez vos morceaux préférés.
Ce conseil paraît si simple… mais quand l'avez-vous
fait la dernière fois ? Alors prenez le temps
de vous faire du bien !

« On roule confortablement
sur l'autoroute de la vie,
protégé par la ceinture
de sécurité de nos certitudes
et l'airbag conducteur
de la routine. »

Dave Barry

QI GONG

Peut-être avez-vous déjà vu « cours de Qi Gong » sur l'emploi du temps des activités de votre salle de sport sans avoir osé poser des questions. Cette gymnastique traditionnelle chinoise est très adaptée pour lutter contre le stress en conjuguant des méthodes de relaxation et de circulation d'énergie. Non traumatique, elle est ouverte à tous.

19

OCTOBRE

8h16 18h54

St René

« Si nous n'avons pas de vie future, nous avons eu nos vies antérieures et elles sont le secret et les liens de nos existences d'aujourd'hui. »

MARIE-CLAIRE BLAIS

PARLEZ À VOTRE COLÈRE

Tout le monde est sujet à la colère, simplement certains savent mieux la gérer que d'autres. Si vous faites partie de ceux qui s'emportent, apprenez à déceler les signes avant-coureurs et parlez-vous. Formulez à haute voix des phrases comme « Je ne veux pas de cette colère, elle m'empoisonne la vie ».
Elle devrait retomber comme un soufflé.

20
OCTOBRE
8h18 18h52
Ste Adeline

« Chaque pas,
chaque situation reflètent
votre état d'esprit et,
par là même, sont porteurs
d'une signification
spirituelle. »

Chögyam Trungpa

CONNAISSEZ-VOUS LE NEI GUAN ?

C'est un point d'acupuncture qui permet de limiter le stress et les angoisses. Posez vos index, majeur et annulaire à l'intérieur de votre poignet, à la limite du pli entre le poignet et la main. Le point se trouve alors contre votre index. Appuyez fortement une vingtaine de secondes, puis massez l'endroit dans le sens des aiguilles d'une montre.

21
OCTOBRE
8h20 18h50
Ste Céline

« L'homme a peur de tout. La peur est le dieu de l'homme. Mais l'homme est aussi le seul être capable d'aller au-devant de sa peur, de la dépasser. »

YACHAR KEMAL

PLEINE CONSCIENCE

À l'ère de la performance, il est difficile de prendre votre temps, mais il en va de votre bonheur. Prenez le temps d'écouter ce que vous dit votre corps, de savourer ce qui vous entoure. Apprenez à vous réjouir de petits riens et sachez vous en contenter.

22
OCTOBRE

8h21 18h48

Ste Élodie

« Comme l'imagination
a créé le monde,
elle le gouverne. »

Charles Baudelaire

FAITES VOTRE LIT

C'est simple et c'est très satisfaisant :
quand un lit est fait, c'est toute la chambre qui paraît
plus agréable et donne envie de s'y retrouver
le soir venu. La vision d'un lit fait au carré
et joliment paré est très relaxante.

23
OCTOBRE
8h23 18h47
St Jean de Capistran

« Le sage ne rencontre pas de difficultés. Car il vit dans la conscience des difficultés. Et donc n'en souffre pas. »

Lao Tseu

BONHEUR CONJUGAL

Vous n'êtes pas sa princesse ni lui votre prince charmant, en tout cas plus au bout d'un certain temps. Alors si vous voulez que ça dure, vous devez, chaque jour, vouloir que le couple s'épanouisse, chaque jour progresser ensemble…

24
OCTOBRE

8h24 18h45

St Florentin

*« Le plus souvent,
on cherche son bonheur
comme on cherche
ses lunettes :
quand on les a
sur le nez. »*

Françoise Droz

VOUS AVEZ DU NEZ

Cette expression n'est pas innocente. L'odorat influence nos humeurs, alors prêtez-y plus d'attention. Plusieurs études ont montré la corrélation entre odeur et émotions, tels le plaisir et l'agressivité. Un exemple réjouissant : l'odeur de la menthe poivrée donnerait envie de s'amuser.

25
OCTOBRE
8h26 18h43
St Crépin

« Seule la suppression définitive du risque universel de la guerre donne un sens et une chance à la survie du monde. Voilà désormais notre labeur quotidien et notre inébranlable décision : lutter contre la racine du mal et non contre les effets. »

Albert Einstein

CONSOMMATION COLLABORATIVE…
VOUS VOYEZ DE QUOI IL S'AGIT ?

Le covoiturage, la colocation, le troc…
On pourrait croire que c'est juste tendance !
Eh bien non, pour certains il s'agit simplement
de faire des économies quand pour d'autres,
c'est un bon moyen de lutter contre
la surconsommation. Posséder tous ces biens
matériels nous rend-il vraiment heureux ?

« L'amour n'est pas seulement un sentiment, il est un art aussi. »

Honoré de Balzac

LA SURRÉACTION

Vous vous surprenez parfois à vous emporter pour des broutilles, on dit de vous que vous êtes soupe au lait ? Il s'agit certainement d'une vieille blessure qui ressurgit en cas de conflit (même bénin). Prenez du recul, inspirez profondément, fermez les yeux, vous devriez vous apaiser doucement.

27

OCTOBRE

☀ 7 h 29 ☀ 17 h 39

Ste Émeline

« L’amour rétablit notre unité primitive. »

Platon

LA MÉTHODE FELDENKRAIS

Idéale pour prendre conscience de notre corps
et de nos mouvements dans l'espace, cette technique
aide à rétablir l'harmonie entre le corps et l'esprit
dans un but de bien-être et de clarté dans les pensées.
Une discipline douce pour améliorer la qualité
de vie et être plus heureux au quotidien.

28
OCTOBRE

7 h 30 17 h 38

St Jude

« Être conscient
de son ignorance,
c'est tendre vers
la connaissance. »

Benjamin Disraeli

LA PUISSANCE DE L'IMAGINATION

Vous rêvez de construire une cabane de jardin, mais vous n'avez jamais planté un clou ! Demandez conseil, visionnez des tutoriels, lisez des livres de bricolage. Dès que vous avez 5 minutes, fermez les yeux et imaginez votre construction dans les moindres détails. Une fois que votre rêve sera suffisamment précis, passez aux travaux pratiques.

29
OCTOBRE

7h32 17h36

St Narcisse

« L'être humain a besoin
d'inscrire le moindre
de ses gestes
dans un devenir afin
de ne pas sombrer dans
le désespoir. »

RAJAE BENCHEMSI

PIQUER UN FARD

Si les situations embarrassantes vous font rougir
et que cela vous gêne vraiment, essayez ceci :
tout d'abord, respirez profondément,
dites-vous qu'il n'y a rien de dramatique
dans la situation et mordez-vous les lèvres afin
de détourner votre attention sur autre chose,
car la plupart du temps, se focaliser
sur ce rougissement l'amplifie.

« La plus belle chose au monde, c'est de savoir être soi. »

Montaigne

ADMIREZ LES PLUIES D'ÉTOILES FILANTES

C'est un moment charmant, en famille ou entre amis, des nuits étoilées en été, surtout fin juillet et la première quinzaine d'août (les Perséides). Choisissez un endroit dégagé, sans arbre, loin des lumières de la ville. Installez chaises longues et matelas, prenez un plaid s'il fait frais. Attendez que la nuit soit bien sombre (après 23 heures c'est mieux). Et faites un concours pour celui ou celle qui aura vu le plus d'étoiles filantes !

31

OCTOBRE

7h35 17h32

St Quentin

« La sagesse commence dans l’émerveillement. »

Socrate

NAGEZ !

C'est bon pour tout. Le corps et l'esprit ! En piscine ou en eau libre, la liste des bienfaits de la natation est interminable. Principaux bénéficiaires : le dos, les articulations, les abdos, les bras, la respiration, la circulation, le cœur… tout comme les tensions, le stress. Et puis quel plaisir de se laisser flotter !

1er
NOVEMBRE

7h37 17h31

Toussaint

« Choisir son temps,
c'est l'épargner. »

Francis Bacon

FIXEZ-VOUS TROIS OBJECTIFS

Afin de ne pas s'éparpiller pendant la journée et de ne plus savoir où donner de la tête, fixez-vous trois objectifs réalisables ce jour-là. Faites-en votre priorité et vous verrez que la productivité sera au rendez-vous.

2
NOVEMBRE
7 h 38 17 h 29
Défunts

« Le but, c'est d'être heureux. On n'y arrive que lentement. Il y faut une application quotidienne. Quand on l'est, il reste beaucoup à faire : à consoler les autres. »

Jules Renard

LA SLOW TV

Savez-vous qu'il existe des programmes télé
où il ne se passe rien pendant des heures ?
Un feu de cheminée qui crépite, les vagues
qui déferlent doucement sur une plage paradisiaque,
un train qui roule dans un paysage de neige, le tout
en temps réel. Des images hypnotiques souveraines
pour se détendre. Les Norvégiens l'ont bien compris :
un quart d'entre eux sont des adeptes
de la « télévision lente » !

3
NOVEMBRE
7h40 17h28
St Hubert

« Nous sommes venus
sur cette terre
pour bénéficier des leçons
de la vie. »

VERNON HARPER

ÉTIREZ-VOUS COMME UN CHAT

Chaque matin, au réveil, avant même de vous lever, accordez-vous au moins trois minutes pour vous étirer, les bras au-dessus de la tête jusqu'au bout des doigts, les jambes, les pieds jusqu'aux orteils. Puis faites quelques exercices de respiration par le ventre. Votre corps retrouve son tonus, votre esprit s'éveille. Vous faites le plein d'énergie.

4
NOVEMBRE
7 h 42 17 h 26
St Charles

« Le savant n'est pas l'homme qui fournit les vraies réponses, c'est celui qui pose les vraies questions. »

Claude Lévi-Strauss

LES CINQ SENS

Il est primordial de se recentrer sur l'instant présent quand nous sommes bouleversés, attristés ou angoissés. Pour cela, soyez attentif à vos sens. Là, tout de suite, que voyez-vous, que ressentez-vous, qu'entendez-vous… Votre pull est-il soyeux, vos lèvres sucrées ?

5
NOVEMBRE

☀ 7 h 43 ☀ 17 h 24

Ste Sylvie

« La configuration
du monde actuel est le reflet
de l'immaturité de la
personne individuelle. »

JACQUES CASTERMANE

RYTHMEZ VOTRE CALENDRIER

Notre vie moderne est de plus en plus déconnectée des rythmes de la nature. Contrez cette course et aménagez-vous des temps de pause comme autant de rituels qui structurent les passages de votre vie : organisez une fête symbolique un jour dans l'année, célébrez le printemps, gardez-vous une soirée entre amis tous les premiers samedis du mois… Toute occasion est un prétexte pour passer un bon moment.

6
NOVEMBRE

7h45 17h23

St Léonard

« La vie offre toujours deux pentes. On grimpe ou on se laisse glisser. »

Pierre Hebey

MIEUX DIGÉRER…

C'est simple avec un booster d'huile essentielle. Ajoutez 2 gouttes d'huile essentielle d'estragon à vos dernières bouchées. L'effet est quasi immédiat, elles facilitent le travail de l'intestin et luttent contre les ballonnements.

7
NOVEMBRE
7h46 17h21
Ste Karine

« Nous sommes,
dans ce que notre vie a
de plus privé et de plus
subjectif, non seulement
les victimes, mais aussi
les artisans de notre temps.
Notre temps – c'est nous ! »

Carl Gustav Jung

LES BIENFAITS DU WATSU

Le Watsu, mot formé à partir de *water* et de shiatsu, est la pratique du shiatsu dans l'eau. Elle a des effets exceptionnels sur le moral. L'eau chaude permet la décontraction des muscles en quasi-apesanteur. En libérant vos énergies, vous allez littéralement lâcher prise.

« Celui qui déplace
la montagne, c'est celui
qui commence à enlever
les petites pierres. »

Confucius

FAITES CIRCULER L'ÉNERGIE

Dans la tradition taoïste, il est primordial d'envoyer de l'énergie dans les organes pour les régénérer. Assis, placez vos mains l'une par-dessus l'autre, à plat, juste à la pointe du sternum. Maintenant, fermez les yeux et respirez profondément. Visualisez un courant d'énergie qui sort de vos mains et se dirige jusqu'à votre cœur. Sentez l'énergie se diffuser. Respirez profondément en visualisant l'organe qui se régénère.

9

NOVEMBRE

7h50 17h19

St Théodore

« Je sais et je sens
que faire du bien est le plus
vrai bonheur que le cœur
humain puisse goûter. »

Jean-Jacques Rousseau

DES GADGETS ANTISTRESS

Que ce soient des boules antistress ou un hand spinner, ces gadgets ont pour vocation de focaliser l'attention et de fournir un accessoire à manipuler dans toute situation d'angoisse ou d'attente : au bureau, en attendant l'ascenseur ou le bus.

« Il y a des moments où
il faut choisir entre vivre
sa propre vie pleinement,
entièrement, complètement,
ou traîner l'existence
dégradante, creuse et fausse
que le monde, dans son
hypocrisie, nous impose. »

OSCAR WILDE

NOMBRIL, UN CENTRE ÉNERGÉTIQUE

Votre nombril n'est pas seulement le vestige du lien avec votre mère, mais aussi un centre énergétique. Afin de prendre conscience de son importance, voici un petit exercice pour stimuler son énergie : trempez votre annulaire dans une huile relaxante ou tonifiante, si possible de l'huile de sésame ou de moutarde, parfumée aux huiles essentielles de fleurs. Effectuez 12 tours dans votre nombril, dans le sens des aiguilles d'une montre.

« La sagesse, c'est l'art
d'admettre la fragilité
de ce que nous pensons, ainsi
que la faiblesse des choses
sur lesquelles nous fondons
nos certitudes. »

GÉRARD BRENAN

RÉGULARITÉ VS INTENSITÉ

Courir quelques minutes chaque jour se révèle aussi efficace qu'un long jogging. Cinq à dix minutes, chaque jour, peuvent réduire de manière importante les risques de maladies cardiovasculaires et de mortalité prématurée.

12
NOVEMBRE

7 h 54 17 h 15

St Christian

« La patience
rend tolérable ce qu'on
ne peut empêcher. »

Horace

INSTANT COUP DE FOUET

Si vous avez un coup de pompe, stimulez le point de la rate situé à l'intérieur de la jambe, à quatre doigts au-dessus de la malléole. Avec la pulpe de votre majeur, faites des petits cercles appuyés sur chaque jambe.

13
NOVEMBRE
☀ 7h56 ☀ 17h13
St Brice

« Il y a deux choix
de base dans la vie ;
accepter les choses
telles qu'elles sont,
ou accepter la responsabilité
de les changer. »

DENIS WAITLEY

LES ABEILLES À LA RESCOUSSE DE VOTRE SÉRÉNITÉ !

Les substances fabriquées par les abeilles s'avèrent excellentes pour notre santé, tant elles sont riches en micronutriments qui favorisent notre résistance. La gelée royale, grande source d'énergie, contient des vitamines, des minéraux et des oligo-éléments, ainsi que des acides aminés. Quant à la propolis, c'est une matière résineuse utilisée par les abeilles comme mortier et anti-infectieux et qui a de nombreux bienfaits sur les problèmes de peau (mycoses, verrues, acné, etc.)

« Si vous projetez délibérément d'être moins que ce que vous êtes capable d'être, alors je vous avertis que vous serez profondément malheureux pour le reste de votre vie. »

ABRAHAM MASLOW

L'ALIMENT DE LA BONNE HUMEUR

Très riches en magnésium et en vitamine B9, les lentilles sont un aliment de choix pour booster votre bonne humeur. Pourquoi ? Parce que le magnésium est un minéral qui favorise la relaxation et la vitamine B9 une substance indispensable à la synthèse des neuromédiateurs dans le cerveau.

15
NOVEMBRE
7h59 17h11
St Albert

« On peut devenir soi-même, soit en cultivant sa différence, soit en approfondissant sa communauté. »

André Malraux

LE SEPTIÈME CHAKRA

Le violet correspond au chakra de la spiritualité, situé au sommet du crâne. C'est pour cela qu'il est également appelé « la couronne ». Manger des aliments violets comme la betterave imposera équilibre et apaisement à votre repas. Le chakra de la couronne est aussi celui de la plénitude. Ainsi, porter du violet ou un bijou taillé dans l'améthyste vous assurera un épanouissement intérieur et une sérénité de tous les instants.

16

NOVEMBRE

8h01 17h10

Ste Marguerite

« Le but n'est pas le but,
c'est la voie. »

Lao Tseu

CHERCHEZ L'ÉQUILIBRE

Quelques exercices pour entretenir son équilibre. Debout les bras tendus sur les côtés, fixez un point devant vous, rentrez le ventre, respirez, levez une jambe en la pliant un peu et tenez l'équilibre, essayez 30 secondes ; puis même exercice avec l'autre jambe. Idéal pour renforcer votre dos, vos abdos et vous sentir bien stable.

17
NOVEMBRE

8h02 17h08

Ste Élisabeth

*« La paix est chaque pas.
Le flamboyant soleil rouge
est en mon cœur.
Chaque fleur sourit avec moi.
Combien tout pousse vert et frais.
Combien frais est le vent.
La paix est chaque pas.
Il transforme en joie la route
sans fin. »*

THICH NATH HANH

NE FAITES PAS DE SUPPOSITIONS

Quand vous vous surprenez à projeter un avenir catastrophe dans une situation qui n'est pas de votre ressort, respirez un bon coup. Dites-vous que rien n'est encore arrivé. Que vous vous focalisiez sur cette hypothèse négative ou pas, ça ne va rien changer à ce qui va se passer. Attendez que le moment se présente. C'est le seul instant où vous pourrez l'influencer. Pas avant. Pas après.

« Le grand défaut des hommes, c'est d'abandonner leur propre champ pour aller ôter l'ivraie de ceux des autres. »

MENGZI

OFFREZ-VOUS UN TONGUE DRUM

Cet instrument de musique créé aux États-Unis est particulièrement relaxant. Cet instrument de percussion moderne ressemble à une soucoupe volante, mais avec des sonorités très douces et apaisantes. Nul besoin d'être un amateur de musique pour en jouer. En effet, il est impossible de faire de fausses notes.

19
NOVEMBRE
8h05 17h06
St Tanguy

« L'esprit oublie toutes
les souffrances quand
le chagrin a des compagnons
et que l'amitié le console. »

William Shakespeare

APPRENEZ À DÉDRAMATISER

Les gens calmes savent qu'ils ne sont en réalité qu'un minuscule détail à l'échelle de la planète et au regard de l'histoire de l'humanité. S'ils prennent à cœur leurs responsabilités, ils n'en oublient pas de prendre du recul pour autant. Une façon de dédramatiser les petits problèmes du quotidien pour se sentir plus zen.

« Le bonheur de demain
n'existe pas. Le bonheur,
c'est tout de suite ou jamais.
Ce n'est pas réfléchir,
dorer, organiser, capitonner
la vie, mais savoir la goûter
à tout instant. »

René Barjavel

ATTRAPEZ LE SOLEIL

À l'aide d'un attrape-soleil en cristal ! Cet objet original capture les rayons du soleil pour les projeter dans votre intérieur. En effet, une carence en vitamines D peut être due à un manque d'exposition au soleil, surtout en hiver. Il suffit de le suspendre près d'une fenêtre pour profiter de ses bienfaits. Vous pouvez le fabriquer vous-même avec quelques cristaux ou l'acheter pour moins de 10 €.

« L'homme ordinaire ne se préoccupe que de passer le temps, l'homme de talent que de l'employer. »

ARTHUR SCHOPENHAUER

S'ATTENDRE À TOUT

Parce que s'attendre à tout, c'est accepter qu'on ne contrôle pas tout. La vie est imprévisible et ça, les gens calmes le savent très bien. Au lieu de s'affoler pour des choses sur lesquelles ils n'ont pas de prise, ils préfèrent rester « open ». Au moins, ils ne sont jamais déçus et sont toujours capables de rebondir avec aisance.

22

NOVEMBRE

8h10 17h03

Ste Cécile

« Ce qui est contraire est utile et c'est de ce qui est en lutte que naît la plus belle harmonie ; tout se fait par discorde. »

Héraclite

AMÉNAGER UNE ENTRÉE DÉGAGÉE

Selon l'art du Feng Shui, l'entrée est la pièce par laquelle les courants d'énergie circulent. Elle doit donc être dégagée, bien rangée et si possible, lumineuse. Pour augmenter son potentiel Feng Shui, la présence d'un miroir et d'un bouquet de fleurs est recommandée.

23
NOVEMBRE
8h11 17h02
St Clément

« Le regret qu'ont les hommes
du mauvais emploi
du temps qu'ils ont déjà vécu,
ne les conduit pas toujours
à faire de celui qui leur reste
à vivre un meilleur usage. »

JEAN DE LA BRUYÈRE

NE FAITES PAS DE RÈGLES ABSOLUES

Ne soyez pas rigide sur votre manière de vous comporter. La vie s'écoule et vous ne pouvez pas prévoir ce qui va se passer. Ainsi, prenez surtout l'habitude d'accepter la réalité telle qu'elle est. Soyez indulgent avec vous-même. Adaptez-vous sans cesse. Évoluez. Avec le sourire.

24

NOVEMBRE

8h13 17h01

Ste Flora

« Ce n'est pas sans dégâts que sans en être cruellement puni l'homme peut s'aliéner lui-même au profit d'une personnalité artificielle. Déjà la moindre sollicitation dans ce sens détermine des réactions inconscientes, des humeurs, des affects, des peurs, des représentations obsédantes, des faiblesses ou des vices. »

Carl Gustav Jung

AÉREZ LES PIÈCES

Laissez la lumière naturelle entrer dans la pièce et pensez à aérer 10 à 15 minutes par jour. Cela permet de purifier l'air et de se débarrasser des mauvaises ondes.

25
NOVEMBRE
8h14 17h01
Ste Catherine

« Ne rends pas
tes souffrances plus fortes
encore, ne te charge pas
de plaintes, légère
est la douleur
si l'imagination
ne la grossit. »

SÉNÈQUE

LE POISSON ROUGE COMME PORTE-BONHEUR

Les poissons sont connus pour apporter du bonheur et une paix relative là où ils se trouvent. Si toutefois vous ne voulez pas vous ennuyer à nettoyer un aquarium gigantesque, vous pouvez opter pour un petit poisson rouge, dont la couleur est aussi liée à la chance. Pas étonnant donc qu'il soit conseillé par les décorateurs d'intérieur étudiant le Feng Shui !

26
NOVEMBRE

8h15 17h00

Ste Delphine

« Nous sommes libérés
par ce que nous acceptons,
mais nous sommes
prisonniers de ce que
nous refusons. »

Svâmi Prajnânpad

LES COULEURS DU YANG

Les couleurs du yang sont des teintes vives et chaudes, elles sont à préférer dans les pièces à vivre comme la cuisine ou le bureau. On retrouve le blanc (couleur de l'équilibre), le rouge (la passion), le jaune (évoque les rayons du soleil), l'orange (renforce l'action) et le rose (symbole de la tendresse).

27
NOVEMBRE
8h17 16h59
St Virgile

« Quand redressera-t-on enfin un peu ce monde à l'envers ? »

Franz Kafka

MISEZ SUR LES MIROIRS

Dotés d'un pouvoir protecteur, ceux-ci servent à repousser les mauvaises énergies et à agrandir les pièces trop petites, grâce à leurs effets d'optique. Accrochez donc des miroirs dans les pièces de votre maison. Mais attention, face à une porte ou une fenêtre, ils renverront l'énergie vers l'extérieur. Ne négligez donc pas leur emplacement !

28
NOVEMBRE

8h18 16h58

St Jacques de la Marche

« Vivre, c'est transformer
en conscience
une expérience aussi large
que possible. »

André Malraux

STABILISEZ VOS ÉMOTIONS

Pour vous remettre d'un moment de stress, adoptez une des postures de yoga les plus connues, la position du lotus : assis en tailleur, les mains sur les genoux, joignez le pouce et le majeur, fermez les yeux et respirez profondément : l'essayer, c'est l'adopter.

29
NOVEMBRE
☀ 8h19 ☀ 16h58
St Saturnin

*« Commence là où tu es,
utilise ce que tu as,
fais ce que tu peux. »*

ARTHUR ASHE

FAITES BRÛLER DE L'ENCENS

Les encens sont utilisés pour purifier l'air des pièces où ils ont brûlé. en particulier ceux au romarin, à la verveine et au bois de santal. Grâce à eux, l'air de votre maison sera nettoyé de toute la négativité qui s'y trouvait, éloignant ainsi tout un tas de problèmes du quotidien. En plus, cela donnera à vos pièces une odeur agréable et reposante.

30
NOVEMBRE

8h21 16h57

St André

« S'il y a un problème,
il y a une solution.
S'il n'y a pas de solution,
c'est qu'il n'y a pas
de problème. »

Bob Marley

PETITE SÉANCE DE MÉDITATION

Quelques minutes et du silence suffisent
pour une méditation express qui permet de retrouver
le calme après une journée trépidante.
Asseyez-vous confortablement
et posez-vous des questions simples,
comme « Que vais-je faire ce week-end ? »,
« Comment je me sens en ce moment ? »...

1er
DÉCEMBRE
8h22 16h57
Ste Florence

« La vanité repousse
la bienveillance,
la modestie l'attire. »

Madame de Maintenon

LES ÉMOTIONS NÉGATIVES

Rien ne sert de les contrer, nous nous enfermons alors dans un sentiment de détresse et de frustration absolu. Au contraire, acceptons de pleurer, de crier, d'être inquiet, de bouder, même ! Ce sont des sentiments humains et nous ne sommes que des hommes après tout !

2
DÉCEMBRE
☀ 8h23 ☀ 16h56
Ste Viviane

« Le destin est
ce qui nous arrive
au moment où on
ne s'y attend pas. »

Tahar Ben Jelloun

CONTRE LE COUP DE POMPE

Il y a des périodes où l'on a l'impression de se lever plus fatigué qu'on ne s'est couché la veille. Où tout nous coûte, ne serait-ce que mettre de l'eau dans la cafetière… Essayez donc une cure de ginseng, utilisé depuis des siècles en Asie pour ses vertus stimulantes.

*« Tout ce que je sais,
c'est que je ne sais
rien. »*

Socrate

RIEN QUE LA VÉRITÉ

Imaginez que vous êtes parti boire un pot
avec des collègues et que vous rentriez à la maison
en prétextant un surcroît de travail…
Non votre nez ne va pas s'allonger,
mais qu'adviendra-t-il quand votre conjoint(e)
vous apprendra que la standardiste lui a répondu
que vous étiez parti depuis déjà
une bonne heure !

4
DÉCEMBRE
8h26 16h55
Ste Barbara

« La tendresse
a des secondes qui battent
plus lentement
que les autres. »

ROMAIN GARY

LA FRUSTRATION EST CONTRE-PRODUCTIVE

Sentiment naturel face à un manque ou un blocage, la frustration naît d'attentes toujours plus grandes. Tout le monde est en droit d'avoir des attentes, mais vérifiez que vous avez été bien compris par la personne qui a fait naître cette frustration. Si ce n'est pas le cas, la prochaine fois, soyez plus précis dans vos attentes.

5
DÉCEMBRE

8h27 16h55

St Gérald

*« Tous les jours
et à tout point de vue,
je vais de mieux
en mieux. »*

ÉMILE COUÉ

ENVIE DE PAYSAGES BUCOLIQUES

D'après une étude, plus de 2 Français sur 5 aimeraient vivre à la campagne. Pour quelles raisons ? Pour la grande majorité, en raison d'un ras-le-bol général insufflé par le rythme effréné du boulot-dodo et par la pollution. Le frein ? Tout le monde s'en doute : la concentration du travail dans le milieu urbain ! Et si vous osiez ?

6
DÉCEMBRE
8h28 16h55
St Nicolas

« Fais du bien
à ton corps pour
que ton âme ait envie
d'y rester. »

PROVERBE INDIEN

SOMMEIL ET BONNE HUMEUR

Se lever du pied gauche, ce n'est pas qu'une légende.
Le sommeil est essentiel pour notre bonne humeur.
En effet, c'est durant le sommeil que le corps sécrète
la mélatonine, une hormone anti-déprime.
Sans compter que dormir stimule
le système immunitaire.
Alors, soignez vos nuits.

7

DÉCEMBRE

8h29 16h54

St Ambroise

« Tout ce qui peut être
fait un autre jour,
le peut être
aujourd'hui. »

MONTAIGNE

DIRE POUR SE SOUVENIR

Certains ont une mémoire visuelle, d'autres auditive ou scripturale, mais, d'après une étude menée par des chercheurs de l'université de Montréal, la meilleure façon de garder une chose en mémoire serait de la répéter plusieurs fois à haute voix puis d'en parler à quelqu'un.

*« On ne se débarrasse pas
d'une habitude
en la flanquant par
la fenêtre ; il faut lui
faire descendre l'escalier
marche par marche. »*

Mark Twain

LE DROIT À LA FLÂNERIE

Les enfants nous donnent une bonne leçon de pleine conscience. Lorsqu'ils jouent, ils sont complètement absorbés par ce qu'ils font et respirent le bien-être et la plénitude. Alors comment retrouver cet état d'esprit au milieu de nos activités et soucis quotidiens ? Autorisez-vous à flâner, sans but et pensée précis. Attention, vous allez rajeunir…

9

DÉCEMBRE

8h32 16h54

St Pierre Fourier

« Il ne faut pas pleurer
pour ce qui n'est plus,
mais être heureux
pour ce qui a été. »

Marguerite Yourcenar

SPORT VS ANTIDÉPRESSEURS

Le docteur David Servan-Schreiber, dans son célèbre livre *Guérir*, raconte comment le remplacement des antidépresseurs par 30 minutes de sport, 3 fois par semaine pendant 4 mois, chez des dépressifs chroniques, a donné des résultats équivalents, et sans rechute !

10
DÉCEMBRE
8h33 16h54
Ste Eulalie

« Si vous regardez avec attention, la plupart des succès obtenus du jour au lendemain prennent beaucoup de temps. »

STEVE JOBS

ENTRETENEZ LA FLAMME

Que c'est reposant de fixer la flamme d'une bougie… Si vous avez quelque anxiété que vous n'arrivez pas à surmonter, installez-vous dans une pièce calme et peu éclairée, allumez une bougie parfumée et laissez-vous bercer par des pensées positives et rassérénantes.

11

DÉCEMBRE

8h34 16h54

St Arthur, St Daniel

« Si tu n'as pas étudié, voyage. »

Proverbe peul

ENTOUREZ-VOUS

Il est peu probable que vous ne connaissiez aucun parent dont l'enfant est en classe avec le vôtre ou pratique la même activité. Alors, tissez un réseau qui, en cas de besoin, pourra vous dépanner pour conduire votre enfant. La réciproque étant de mise, chacun y gagnera en sérénité.

12
DÉCEMBRE

8h34 16h54

St Corentin

« Les fleurs du printemps
sont les rêves de l'hiver
racontés, le matin,
à la table des anges. »

KHALIL GIBRAN

IL Y A TOUJOURS UNE SOLUTION

Peut-être avez-vous été bercé au rythme de « Tu n'arriveras jamais à rien » ou « Tu ne sais vraiment rien faire de tes dix doigts », ce qui peut expliquer votre manque de confiance. Alors aujourd'hui, prenez le contre-pied et motivez-vous avec des « Il y a toujours une solution », « J'en suis capable ».

13
DÉCEMBRE

8h35 16h54

Ste Lucie

« La simplicité
est la sophistication
suprême. »

Léonard de Vinci

APPRÉCIEZ VOTRE REPAS

Prenez le temps de manger, savourez ce que vous avez dans votre assiette (pas besoin de vous lancer dans la cuisine des Troisgros si vous appréciez autant une bonne salade de tomates) et profitez des personnes qui vous entourent. Votre cerveau vous enverra alors en retour un sentiment de bien-être et de quiétude.

14

DÉCEMBRE

8h36 16h54

Ste Odile

« Un sourire coûte
moins cher que l'électricité,
mais donne autant
de lumière. »

ABBÉ PIERRE

ACCEPTONS D'ÊTRE HEUREUX

Les insatisfaits chroniques sont légion.
Si vous pensez que le bonheur, c'est d'avoir
une grosse voiture, une villa sur la Côte d'Azur,
alors vous ne serez jamais heureux.
Non que vous ne puissiez vous les payer un jour,
mais vous aurez toujours besoin de plus.
La vraie recette est : apprécions
ce que l'on a pleinement.

15
DÉCEMBRE
8h37 16h54
Ste Ninon

« Rappelez-vous
que vous êtes unique.
Comme tout
le monde. »

Anonyme

AUCUN REGRET

Les regrets nous minent, alors pour être sûr de ne pas en avoir, faites toujours de votre mieux. « À l'impossible nul n'est tenu », dit très justement le proverbe. Même si vous n'arrivez pas à faire quelque chose, vous avez tout mis en œuvre pour y parvenir, et n'avez rien à vous reprocher.

16
DÉCEMBRE

8h38 16h54

Ste Alice

« Ce qui m'intéresse,
ce n'est pas le bonheur
de tous les hommes,
c'est celui de chacun. »

BORIS VIAN

CAFÉ SUSPENDU

Pas encore assez répandu, il commence à émerger en ville. Il s'agit de payer un café que vous ne boirez pas et qui sera servi à une personne dans le besoin, en général un sans-abri. Cette initiative venue de Naples est une marque de générosité sans demande de retour de la part du donateur et un instant de bonheur pour le bénéficiaire.

17

DÉCEMBRE

8h39 16h54

St Gaël

« La grandeur
de la prière réside d'abord
en ce qu'il n'y est point
répondu. »

ANTOINE DE SAINT-EXUPÉRY

LUTTEZ CONTRE LA MOROSITÉ

Le rire est le propre de l'homme. On l'oublie souvent, surtout quand la télé nous renvoie toute la misère du monde et les journaux les drames quotidiens. Alors aujourd'hui, faites un break : n'allumez pas votre poste, n'achetez pas le journal et prenez plutôt un livre de blagues ou allez voir une comédie au cinéma.

18

DÉCEMBRE

8h39 16h55

St Gatien

« Il ne faut pas
de tout pour faire un monde.
Il faut du bonheur,
et rien d'autre. »

PAUL ÉLUARD

L'EAU QUI COULE

Vous avez déjà vu dans des magasins de déco ces petites fontaines d'eau et vous vous êtes peut-être demandé « quel intérêt » ? Eh bien, des chercheurs suisses se sont penchés sur les bienfaits déstressants du bruit de l'eau qui coule et contre toute attente, ce bruit génère un bien-être supérieur au silence, par exemple.

19

DÉCEMBRE

8h40 16h55

St Urbain

« La vie est un sommeil,
l'amour en est le rêve,
et vous aurez vécu,
si vous avez aimé. »

ALFRED DE MUSSET

NON À LA ROUTINE

La routine rend malheureux,
dans la vie professionnelle souvent,
mais dans la vie de couple surtout.
Alors, osez. Osez surprendre, et vous surprendre
vous d'abord. Changez de look, proposez
des menus différents, partez en week-end
au pied levé...

20
DÉCEMBRE
8h41 16h56
St Isaac

« L'humour
a non seulement quelque
chose de libérateur,
mais encore quelque chose
de sublime et d'élevé. »

SIGMUND FREUD

SOYEZ ATTENTIF

Il est indispensable pour notre bien-être
d'être attentif à nos émotions, agréables
ou déplaisantes. Elles nous renseignent
sur nos véritables désirs et besoins à l'instant T :
besoin de partage, désir d'affection…
nos envies changent, alors si vous ne vous
écoutez pas, qui le fera ?

21
DÉCEMBRE
8h41 16h56
St Pierre Canisius

« Sans la musique,
la vie serait une erreur. »

Friedrich Nietzsche

VOS ÉMOTIONS À LA LOUPE

Quoi de plus attendrissant qu'un enfant qui ouvre ses cadeaux de Noël ? Pourquoi tant de joie dans ses yeux ? Parce qu'il a dû les attendre. Il en va de même pour les adultes, si vous repoussez dans le temps un moment heureux, il n'en aura que plus de saveur. Alors, patience…

22

DÉCEMBRE

8h42 16h56

Hiver • Ste Françoise-Xavière

« La pensée
est l'esclave de la vie,
et la vie est le fou
du temps… »

William Shakespeare

LA RANCUNE NOUS GÂCHE LA VIE

Il arrive à tout le monde que quelqu'un lui fasse du mal, volontairement ou non d'ailleurs. Le sentiment de rancœur qu'il génère nous empêche de voir les bons côtés de la vie. Mettez tout en œuvre pour réussir à pardonner. Si vous n'y parvenez pas, passez à autre chose.

23
DÉCEMBRE
8h42 16h57
St Armand

« Le baiser
est la plus sûre façon
de se taire
en disant tout. »

GUY DE MAUPASSANT

PETITES ATTENTIONS

C'est toujours agréable de recevoir un cadeau en dehors de votre anniversaire ou de Noël. Alors si vous, ça vous fait plaisir, ça doit faire plaisir aux autres. Un Playmobil à votre fils, un fard à paupières à votre adolescente, une boîte de chocolats au bureau… Ce sont de petits gestes qui embellissent les journées de chacun.

24
DÉCEMBRE
8h43 16h58
Ste Adèle

« Le bonheur
c'est lorsque vos actes
sont en accord
avec vos paroles. »

GANDHI

JE VOUS PARLE !

L'attitude effacée des gens timides les rend parfois invisibles, ce qui accentue encore leur mal-être. Essayez de monter le son, de vous redresser et de reformuler votre demande tout en regardant votre interlocuteur dans les yeux. En imposant ainsi votre présence, vous prendrez de l'assurance et serez plus entendu.

25
DÉCEMBRE
8h43 16h58
Noël

« La beauté plaît aux yeux, la douceur charme l'âme. »

Voltaire

L'AROMATHÉRAPIE CONTRE L'ANXIÉTÉ

L'anxiété nous empêche de nous épanouir.
Si vous êtes sujet à des crises d'anxiété,
gardez à portée de main un flacon d'huile essentielle
d'orange douce. Versez-en deux ou trois gouttes
sur un mouchoir et inhalez.
Ça marche également pour la nervosité.

26
DÉCEMBRE
8h43 16h59
St Étienne

« N'attends pas
que les événements arrivent
comme tu le souhaites ;
décide de vouloir ce qui arrive
et tu seras heureux. »

ÉPITECTE

TOUT N'EST PAS À JETER !

Beaucoup ont vu le net comme un frein à la vie sociale, voire une déshumanisation des internautes. Pourtant cet outil peut être considéré comme une vraie opportunité, non seulement pour créer du lien, au travers des réseaux sociaux, mais aussi pour favoriser le partage grâce à des sites d'entraide, par exemple.

Fouillez, vous trouverez !

27
DÉCEMBRE
8h44 17h00
St Jean

« Les joyeux guérissent toujours. »

RABELAIS

POUR UN ENFANT CONFIANT…

Sachez que l'éducation que vous donnez
à votre enfant peut avoir des répercussions
sur l'ensemble de sa vie et en particulier
sur sa confiance en soi, base d'une vie heureuse.
Si vous optez pour une éducation trop stricte,
votre enfant, adulte, doutera du fait
qu'il est capable de bien faire.
Alors, lâchez un peu de lest !

28
DÉCEMBRE
8 h 44 17 h 00
Innocents

« Si vous fermez la porte
à toutes les erreurs,
la vérité restera dehors. »

RABINDRANATH TAGORE

DE NOUVELLES EXPÉRIENCES

Des études scientifiques montrent que les aventuriers auraient plus tendance à être heureux que les pantouflards... Pas étonnant, notre cerveau est demandeur d'apprentissages inédits et notre organisme aussi. Nous nous épanouissons davantage à relever des défis et à explorer de nouveaux horizons.

29
DÉCEMBRE
8h44 17h01
St David

« Souviens-toi d'aimer ! »

Abbé Pierre

COUPURE ENTRE AMIS

Rien ne vous oblige à déjeuner avec vos collègues et encore moins à manger au restaurant d'entreprise ! Alors pour une vraie pause détente, donnez plutôt rendez-vous à des amis au petit bistrot du coin, cela vous fera le plus grand bien, et sûrement autant à vos amis.

30
DÉCEMBRE

8h44 17h02

St Roger

« Celui qui, par quelque alchimie sait extraire de son cœur, pour les refondre ensemble, compassion, respect, besoin, patience, regret, surprise et pardon crée cet atome qu'on appelle l'amour. »

KHALIL GIBRAN

INFUSION BIEN-ÊTRE ÉNERGISANTE

Réveil difficile ? Besoin d'un coup de fouet sans les effets négatifs du café ?
Tentez la tisane énergisante :

- Mélangez 1 c. à café de thym, de fleur de sureau séchée, de sauge et de tilleul. Faites infuser 10 min dans 300 ml d'eau, et profitez de votre journée !

31
DÉCEMBRE
8h44 17h03
St Sylvestre

« N'imitez rien
ni personne.
Un lion qui copie
un lion devient
un singe. »

VICTOR HUGO